影踪和韵

雒漓江 著

山西出版传媒集团

山西人民出版社

图书在版编目（CIP）数据

影踪和韵 / 雒漓江著． -- 太原 ： 山西人民出版社，
2023.6
ISBN 978-7-203-12657-7

Ⅰ．①影… Ⅱ．①雒… Ⅲ．①散文集－中国－当代
Ⅳ．① I267

中国国家版本馆 CIP 数据核字（2023）第 076403 号

影踪和韵

著　　者：雒漓江
责任编辑：姚　澜
复　　审：魏美荣
终　　审：贺　权
装帧设计：谢蔓玉

出 版 者：山西出版传媒集团·山西人民出版社
地　　址：太原市建设南路 21 号
邮　　编：030012
发行营销：0351 - 4922220　4955996　4956039　4922127（传真）
天猫官网：https://sxrmcbs.tmall.com　电话：0351 - 4922159
E - mail：sxskcb@163.com　发行部
　　　　　sxskcb@126.com　总编室
网　　址：www.sxskcb.com

经 销 者：山西出版传媒集团·山西人民出版社
承 印 厂：三河市元兴印务有限公司

开　　本：880mm×1230mm　　1/32
印　　张：6.625
字　　数：160 千字
版　　次：2023 年 6 月　第 1 版
印　　次：2023 年 6 月　第 1 次印刷
书　　号：ISBN 978-7-203-12657-7
定　　价：59.80 元

如有印装质量问题请与本社联系调换

诗思在灞陵桥上的风雨中，开始
经经吟诵时，树木山峦后已暗然洁白，
山野的情趣在镜泊曲水之畔，独自
往来时，山川互相辉映美不胜收

雅滩江

如歌的行板

山东作家雒漓江老师热情约我作序，我觉得这是再次与友促膝长谈的机会，不是吗？我可以又一次走进他的文字，走进他的内心世界——因为疫情，我们有两年多没见了，但彼此从未断过联系。我们有着最为恣意的隔空畅谈，最直接的信息交流，这就是人们说的"掏心窝子"啊！

回忆我与雒老师多年来的情谊，这里用得上"初心"二字。可以说，雒老师是我文学道路刚刚"触网"之后的知遇者之一。那年我们在山东淄博采风，在陌生的人群中，我与雒老师相遇了，走近了。在他的倡议之下，我们几位好友组建了第一个微信群，那时我才发现微信竟然还有这么个便捷的功能。我们在社交网络中传递内心的真实，传递充满光明的思想。无论后来我们的圈子和周围的环境有多么大的变化，无论所谓"文学阵营"里的分分合合多么频繁、多么鸡飞狗跳，我俩始终站在一起，坚守初心，任尔东西南北风，岿然不动。而在懵懂中建起来的"群"，由最初的8人，6年工夫已经发展到现今的几百人。

在我的印象里，除了散文，雒老师还出版过多部诗集。能写诗的人，他笔下的散文一定是充满诗意的。看过他的散文集《影踪和韵》底稿，更印证了这一分析。文集中的不少篇目充满诗情画意，如《高青之旅》中仲夏的湿地，"绿色主宰着世界，碧绿的湖泊河塘润泽流波，葳蕤的芦苇菖蒲碧绿万顷，纵横交错的水稻秧田，碧涛遮蔽的荷塘翠影，地势较高处的婀娜垂柳迎风飘逸……"；而夜幕下的蓑衣樊，则是"一片烟云迷蒙，美丽而朦胧"。

雒老师是一位勤奋而爱思考的作家，外出开会或采风时，十分留意当地的景物与人文环境，总会留下优美的文字，真个"一路走来一路歌"。文集中，他写云南、威海、高青、黄河口、昆嵛山，写秋之思念、冬日暖阳……无不是真情抒发，诗意刻画。对景色的生动描写，是他的拿手好戏，笔端流淌出的文字"柔情似水"，反映着作者平和、精致而深邃的内涵。诗意的文字，不仅仅在于韵味，更显示出一种思想和理念，这是散文的境界。例如"这些优秀的品质也许是历代文人士大夫褒嘉和颂扬菊花的原因吧，菊花枯萎了，还要将它的花贡献给人类"，"雾霾最怕的是太阳"，而栖于草原或山谷的秃鹫"啖臭肉而头盈奇毒，何才而恃，何傲之有"。无论"推断"抑或"疑问"，都是对生命与自然的深沉拷问。

在雒老师的文集中，我们能够感受到作品蕴含的历史文化意蕴。雒老师的散文文化意蕴，通过几个方面体现出来：一是历史典故和故事。古人作文讲究"有物有序"，又说"言以文远"，雒漓江老师很会讲故事，包括历史故事。《李方膺画钟馗惩恶魔》讲述了一位县令体察民情的故事，写到对"梁大户"的惩罚，"他右手拿着一串钱,左手举着佩剑,扑向梁大户,铜鞭似的钱串抽打他,他满床乱滚,惊叫不止……"文章的故事性很强,有趣,耐读,又解气。他的这类散文无论是写法还是弃恶扬善的思想,皆蕴涵独具风格的文化因子。二是地域民风的记载和叙述。雒老师也是研究东营地区包括广饶地域文化的一位学者,他不少精力都放在了广饶、东营民俗文化和史志的发掘整理上。他将这些探察成果以散文形式展现出来,脱开了简单的叙述及一般的说教,注重人物和事迹的细节描写,注重易于被人遗忘的历史遗迹的再现和文化闪光点的呈现。他写小清河的北岸、广饶县与博兴县交界处的"雒家村",写最早来到此地的雒尚奇先生善良厚道,"但见一位白发苍苍的老嬷嬷,用砖块支着个小耳锅正做饭呢,旁边还放着些野菜。老嬷嬷见来了一位老实巴交的庄户人,便一把鼻涕一把泪地诉起苦来"。这篇作品在讲述古老故事时的情景再现,一部分来自民间传说,一部分也加进了作者的情景想象。这引出来另一个话题:散文的"边界"。这类文章能不能归为散文呢?散文能不能被塑造或虚构呢?实际上,无论是历史文化散文还是民间传说故事,都不可能完全离开场景的想象,甚至我们接触到的一般性散文,也难免有某些艺术性的夸张、联想、想象甚至情节的虚构。旧时文学的散文虽然与今日的散文概念不同,但也包含甚多;而当今的"大散文",涵盖面更广。三是以赋的形式表现。《清明赋》《桃花赋》《广饶春天赋》《天龙红木赋》等,有的是白话赋文,有的则是古风之赋。"若夫,蓝天白云下,风烟俱净,春意盎然。""水渺渺,柳依依,画舫载春,孙武湖边。瑞霭蒸腾,情思无限。骄杨隐隐,松柏苍苍。鸿鹄展翼,扶摇雄飞,志凌霄汉。草丛姜芊,蒹葭遮天。炊烟溪桥,渔歌唱帆。"这些文字,展现了怎样优美的一幅画卷啊！四是收录了若干随笔杂谈。这类杂文最直接地反映了作者的纯朴性格和价值观，也具有值得赞赏的思想文化意蕴。

雒漓江的散文有着浓郁的家乡味道。他的很多篇章是写故乡、父老、童年和教书往事。家乡的野菜、柳笛、鸟儿……对那片土地上的一草一木，他充满深情，无比眷恋，用心书写可爱的乡土。故乡是他心中的珍藏，他忘不掉母亲最爱吃鱼头、父亲的瓜园、多情的袁静、儿时偷采榆钱，还有那淡雅清纯的水仙、那片鱼塘、那付出全部心血的校园……林林总总，如在眼前。小清河的水始终滋养着他，家乡的味道成为一生的美好记忆，他拥吻大地，聆听鸟语，痛快淋漓地畅想——"欢腾的小河因你的鸣笛而浪花飞扬，满面春风的人们因你的歌唱而吉祥，天空因你飞翔而更加明丽晴朗，大地因你吟咏而更加绚丽辉煌！"

文中还通过姓氏文化、校园文化等具体的题材表达情怀。雒老师对姓名学有很深的研究，他写过多篇与姓名有关的文章，对雒姓、雒家村和广饶民俗的考证探究，可以说非常细致、深入且用心。在我们的传统里，十分注重认祖归宗，十分看重姓氏、宗族及地域民风民俗。"流云纵落澎湖外，香篆高山拜祖魂"，这也是中国人所特有的故乡情结。可以说，雒老师的姓名学研究也为乡亲们做了一件功德无量的好事。

雒漓江老师对友人作品的评价，也是适合他自己的作品的："这哪里是散文，分明是一首赞美春天的绝唱，是陶醉紫色烟海的绚丽多姿的水彩画。"他的散文，读之恍如侧耳聆听"如歌的行板"，刚柔相济，快慢相辅，余音绕梁。通过多年的接触，我感觉到，雒老师是一位对工作认真负责、孜孜以求、好学深思的人，生活中也是一身正气的，这是我们能够走到一起的重要原因。"窗外日光弹指过，席间花影座前移"，人到中年之后，便会悟出更多的人生道理。锥老师写道："唯有这漫天素淡、火红热烈的蔷薇，于空蒙的清晨，于寂寥的黄昏，给我几许莫名的欣悦和慰藉。"他有一篇文章《逃避喧嚣》，题目之所以取为"逃避"，是因为他写的不只是空间上的逃离和避开，更是内心深处追求远离纷扰，贴近自然。这是他的另一种境界。

不与人争，远离喧嚣，但年过花甲的他并无一点的消极情绪。"殊不知草木的一春，充满了烈火般的无限生机，充满了自然的爱和美。"从他的人品到作品，自然、泰然而积极，这何尝不是一种值得借鉴的人生态度呢？

李锡文

2022.4.2

（李锡文，天津散文研究会会长、山西财经大学客座教授及校友总会理事。出版著作若干，着重于人文反思，以文化视野观察社会人生）

序
二

我所认识的雒漓江先生

当年听到先生自我介绍时，我首先想到雒姓的罕见，继而是漓江"城在景中，景在城中，情景交融"的美丽。与雒漓江先生相识，是在 2016 年 7 月，受《黄河文化》主编魏震林先生邀请，参加三年一度的东营市民间文化研究会换届选举会议。在此之前，我并不认识雒先生。雒先生有近一米八的个头，偏瘦；藏青色的西装与雪白的衬衣形成鲜明对比，内搭一条蓝色斜纹领带，给人一种斯文儒雅的印象；稍微稀疏的头发，满面的笑容让人觉得谦和可亲。初见，我们握着手一起坐进沙发里。

与雒先生相识是偶然的，是苍天赐给的缘分。雒先生认识我，是在《黄河文化》期刊上，他读过我发表的文章，对我的文章评价很高，所以对我的印象也特别深。雒先生的话语让我受宠若惊。我虽说有些受不起，但看到雒先生的诚恳，还是欣然接受了。

从此，我们的交流逐渐频繁起来。无处不在的网络，把我们从并不算远的两个城市，拉近到如同在一个小小的"村庄"。我们无话不谈，常常语音聊天一个多小时，隔着手机屏幕，但却能感知彼此之间心灵和情感的温度。其间，我收到雏先生的第一本诗集《硕果满园》，书的封面设计素洁淡雅，清新亮丽。我从雏先生的诗集中发现，他是一个纯朴、善良、豪爽、爱生活且懂得享受生活的人。或许，这与雏先生自小生活在黄河口，常年受黄河水浸润、滋养有关。黄河水赋予了这片土地活力与生机，也滋养了他爱家乡、爱人民的无限热情，他孜孜不倦地把家乡的山水树木、风土人情，撰写成一首首生动形象的优美诗篇。如《美哉！黄河口》《踏青黄河口》《乡野一景》《故乡的草垛》等，家乡的一切，清晰地从他的笔端流出。文如其人，人如其文，一点不错。在往后的交往交流中，他的言行举止，让我对他有了更深一步的了解：他不仅是一位适应时代潮流的前卫作家，更是一位性情中人；他热爱生活、珍爱自然，对人、对友，坦诚率真、恭而有礼。

2017年春，雏先生忽来电话，他给我介绍了一位大作家，名曰憨仲。憨仲身有残疾却不憨，且聪明过人，和雏先生关系甚密，是《东方散文》的总编。他说我文采好，有发展空间，要我与憨仲先生多多交往，鼓励我向《东方散文》投稿。我欣然答应，并"不辱使命"，先后多次在《东方散文》获得周冠军、月冠军，并连续荣登纸刊，得到憨仲先生的高度赞赏。"纸上得来终觉浅，绝知此事要躬行。"同年五一，我与雏先生碰巧同时参加《东方散文》举办的首届国际东方散文奖暨"天齐杯"全国文学大奖赛后的采风活动，与全国众多知名作家共处多日。连日倾听高人的创作经验，我受益匪浅。正是这一次次面对面、心贴心的交谈，我们更敬重彼此，友情更加浓厚了。

雏先生从山东省北镇卫校毕业后，在广饶县医院及花官镇医院实习两年，1975 年被调入周楼中学任教，后来由于工作需要又调任花官中学、岳六中学和花官一中任文科教师多年，其间兼《清河》校报主编，渐渐和文学结下了不解之缘。2000 年，借调至花官镇党政办，任宣传副主任。2008 年，借调至县政协文史委编纂史志至今，对中国历史、中国语言、人文，尤其地域历史文化等尤为熟悉。他学富五车、通晓古今、学识渊博，但因工作繁忙，很难挤出时间搞文学创作，退休后，才得以实现隐藏多年的文学梦想。打开《硕果满园》，一股浓郁的乡韵乡情、老农友人的音容笑貌便浮现在心间，字里行间凝聚的是满满的感恩之情。《忆商埠老师》《美的季节》《悼董福祥大叔》《还清小清河》等，皆是雒先生凝情聚义的佳作。在被借调县政协文史委编纂史志的同时，雒先生深入生活，抒写锦篇。仅两年多的时间，我又收到雒先生诗集《岁月掠影》，这已是雒先生继《硕果满园》和《百花赋》之后的第三部诗集。集中收集诗作 200 余首，可见雒先生辛勤执着、笃学不倦的精神。其中有大量散文作品发表在《东营日报》《东方散文》《黄河口诗苑》《西部散文选刊》《河南文学》等报纸杂志。

雒先生出身红色革命家庭，自少年时代受父母的熏陶，锻造了坚强的思想信念，后又长期忙碌拼搏在教育事业中，养成了爱国忠民、坦诚待人、敬师爱生、倾学布教的思想意识，对崇高而神圣的人民教师及教师职业，充满深厚的情感。于是，他笔墨尽洒，书写了若干阳光朝气的赞美诗篇。如《致刘振萍老师》《赞宋新健老师》《陪翟锡林先生看望王在岫老师》《我的老师》等，读罢佳作，深感雒先生的一颗感恩之心、对曾经战斗在教育一线的老师的崇敬之情和深切思念。

雒先生付出大量时间与精力，几乎走遍齐鲁大地，对齐鲁大地上的秦砖汉瓦、历史遗迹十分熟悉，并心存感念。尤其在孙武文化、齐文化及地域性历史名人方面，写了多篇学术论文进行探讨。在《柏寝台》《乐安故城》《南北朝文学家任昉》《孙武祠怀古》等作品中，更是作了详细的介绍，这些文字见证了雒先生不忘历史、缅怀历史、锲而不舍的精神。雒先生藏书万卷，家中不仅有历史文化典籍及书画珍品，更有地域文化的大量史料。这些书籍和藏品彰显着雒先生对传统文化和地域文化的热爱和高度重视。雒先生之所以能够成为黄河口这片土地上的佼佼者，是因为他熟悉这片土地，对这片土地爱得深沉。

从雒先生编著的《雒姓名秀简编》中可以得知，雒先生的祖辈曾登科举，六世祖雒泗例贡出身，六世祖雒潭是监生又是著名画家，祖、父皆念过私塾，当属书香门第。雒先生从诗书的熏陶中一路走来，感念脚下这片厚土。他一直笔耕不辍，用文字塑造着美，编织着梦，记录着历史，记录着文化，记录着父老乡亲的深情厚谊。

当我踏上孙武故里广饶县这块富庶的土地，雒先生盛情相待，倾情迎候，同时邀请在县文史委撰稿的孙洪升先生陪伴，实地游览占地40余亩，巍然屹立2600余年的高台——柏寝台。台上苍松翠柏，绿树掩映，可谓是文人墨客的游览胜地。之后，我们驱车去了孙武祠，雒先生全程陪伴，做全职导游。我们从正门进入，依次经过二门、第一展室、第二展室等，参观并了解了孙武塑像、孙武生平、孙子研究、孙子学术研讨会及《田忌赛马》《围魏救赵》《马陵之战》等历史故事。雒先生为我们详细解说着军事天才孙武的雄才大略与生平事迹，让所有人无不感叹孙武超人的胆气与智慧。出了孙武祠，已是中午时分，雒先生早已在宾馆订好午餐。"诗是酒的诗,文学是酒的文学。"席前,雒先生又请来了诗友艾华昌和靳相祝,酒宴上,大家的热情让我心中温暖如火,酒酣耳热后,我借酒抒情,说:"我和雒先生虽萍水相逢,却有一见如故之感。遇各位诗友,更相见恨晚,今孙武大地相约,结深情厚谊永久。"

相知无远近,万里尚为邻。

从此相识,兵圣地,共同志趣,用情守护。文学净地,路途相互关照。

你尊我让,重情义,彼此进取,期望未来。知识田园,枝繁叶茂根深。

初守亮

2022 年 3 月 12 日

(初守亮,山东省作家协会会员。作品散见于《散文百家》《青岛日报》等)

黄河口畔韵之歌

——读雏漓江老师《影踪和韵》之断想

东营作家雏漓江老师约我为他的新书写点东西，这使我既高兴又忐忑，高兴的是我可以跟随雏老师的文字，走进他的思想境界以及所描绘的风景美好里；忐忑的是我这拙劣的笔端如何触抵老师文字的深邃与旷达？但我依旧欣然应允，因为我喜欢雏老师的文章，此前也经常欣赏，何况这也是我向雏老师学习的好机会。何乐而不为呢？

我与雏漓江老师相识已久，如今算来已有八个年头。那是2014年秋天，东方散文杂志社主办全国散文作家西安曲江笔会，我有幸荣获诗歌二等奖。而西安，又是我生命里最倾心的城市（儿子在此度过五年大学），所以毫不犹豫地网上订票，迫不及待地想再次领略十三朝古都的风姿。其间有来自邻市东营的陌生人在微信上请求加我，说是要参加西安笔会之人，我便加为好友，他就是雏漓江。寒暄几句，雏老师问我的车次和车厢。我一一告知，他便说也去买这趟列车的车票，相约与我一起去西安，于是我们算是相识了。

　　到达西安时已近中午，我照着相片上老师的模样在人群中寻找雒老师的身影，无果。我怀疑自己没有把雒老师认出来，便去看签名册，上面也没有。仔细询问，才知道他有事耽搁了，来不了。直到两年后的秋天，《东方散文》的作家笔会在淄博召开，我俩都是获奖人，离家又近，顺理成章地都参加了这次笔会，开启了友谊之旅。

　　见到雒老师，我有一种很亲切的感觉。高高的个子，保持良好的身材，还有比网上打字更轻快的语言，一看就是个与我脾气相投的爽快之人。我们一起畅游慢城高青湿地，住进蓑衣樊的烟火人家，看九曲黄河蜿蜒着从眼前流过。那时划舟穿梭在荷叶田田，看荷叶圆圆，听鸟唱蛙鸣，我自编自演一首地方小调，惹友人捧腹大笑。文行至此，忍不住哼唱我当时的恣意："河里的青蛙从哪个地壳来，它是从那河边慢慢地游来，甜蜜爱情从哪个地壳来，它是由眼睛到胸怀，哎呀娘哎，你可不要对俺生气，哎呀娘哎，你可不要对俺生气，年轻人就是这样没出息……"唱罢，我不由地大笑起来，船上友人的笑声犹在耳边，雒老师一句"真是个调皮的女子"，让我的虚荣心一下子满满当当，从雒老师的眼神中，我看出他对我无拘无束性格的认可。大伙要雒老师表演节目，推脱不过，他讲了两个笑话，来自民间传说的笑话，具体内容不记得了，只记得大家都笑得走了样、岔了气，舵手也把船开进了荷花里，荷叶扯了手臂吻了脸，野鸭被吓得"嘎嘎"飞去。听课间隙，我们海阔天空地胡吹乱侃，夜间几个好友一起在虫鸣的稻田凉亭下，手电作灯，读诗颂词，恰如老友重聚。雒老师朗诵他创作的《相聚是一坛美酒》："相聚蓑衣樊／放歌荷田田／一群诗人泛舟来

／犹如少女与少男／惊飞夜宿鸟／喧扰静花眠／寂寥难抑心潮起／一起相约翠湖间／月下尽兴唱友情／亭边挚情续新缘／诗潮澎湃／诗兴酣畅／举起酒杯／通宵达旦……相聚是一坛子美酒／醉倒蓑衣樊。"引来大伙一片掌声。联欢晚会上，雏老师依旧落落大方地走上台，在灯下朗读起他的原创散文诗《美哉，黄河口》，独特的东营普通话，字正腔圆，铿锵有力，表演和内容一样引人入胜。在大家的鼓励下，我与闺蜜一曲夸张的《赶牲灵》又把雏老师惊得一乍一乍的，雏老师戏说："老师也有如此疯狂？"哈哈，"然也"！

尽管相处只有几天，但雏老师却给我留下了极其深刻的印象。雏老师是一个健谈、热情又博学的中学语文老师，在当地小有名气，多次参与市县志书的编撰工作，并出版了多本书籍。他文笔超然，书写行云流水，我们交换了彼此的新作。对于喜欢文学的人，那些散发着墨香的新书，便成为初识最珍贵的礼物。

此刻，雏老师的新书稿《影踪和韵》就放在我的案头，令我爱不忍释。

打开书稿，开篇便是好友李锡文老师的序文，看着非常亲切，读着文字，好像与老友畅述。正如李老师所写，读书时，我内心满是欢喜与激动，就像与两位老大哥再一次相约在浩瀚的文学之中，他们的音容笑貌便又展现在眼前了。

雏漓江老师的文笔丰赡而浓郁，情感丰富而真挚，语言鲜活而灵动，立意高远而宏阔，基调昂扬而豪迈，驾驭文章的技巧高超而娴熟。

他用朴素的语言，书写浓得化不开的亲情。"煤油灯下，满屋的蒸汽，香味钻入鼻孔，我的喉咙里似乎被引得伸出了小手。不一会儿，母亲把冒着热气、漂着油花的鱼端到我面前，我毫不谦让地把鱼肉剔下，大口大口地吃起来，吃得津津有味、满口鱼香。我吃鱼肉，母亲吃鱼头。母亲说：'我从小时候就爱吃鱼头。'边吃边用嘶哑的嗓音哼起了小曲：鲜鱼头鲜鱼头，鲜鱼头比鲜鱼更有油。鲜鱼汤鲜鱼汤，鲜鱼汤比鲜鱼还要香。"这是《母亲最爱吃鱼头》里的片段，把一位母亲深爱孩子的情感，用喜滋滋地吃鱼头表现得淋漓尽致。这也是那个年代所有母亲的爱的表达——"我爱吃鱼头"，读来很是触动内心最柔软的地方。再如《千古孝悌垂青史》写道，"'你若不嫌弃，就到俺家去住吧，孩子们正缺个嬷嬷（奶奶）照管呢。'这老妪自然满口答应，雒尚斋把老妪接进了自己的家，让到炕头儿上，端茶送饭，像侍奉亲娘一样；三个儿子也在老妪面前一口一个'嬷嬷'地叫着"。寥寥数句，就把一个善良厚道的雒氏子孙描绘了出来。雒尚斋用行动诠释"百善孝为先"的古训，做孩子们的榜样，这正是最好的教育。

雒老师的文字如一串珍珠，拣玉拈翠，晶莹剔透，总是令人心旷神怡。在《泰山行》中，他写泰山的夜，写泰山的星，发现别人看不到的东西，那么与众不同，出人意料。"深邃的天空缀满了大大小小的星星，回头望泰安城，万盏灯火与天上的群星相辉映，使天地间浑然一体。"读到此，不由让人忆起郭沫若笔下的"天上的街市"，真有异曲同工之妙，心便醉在这绝美的风景里。雒老师不仅观察细致，描写独特，还能在自己的讲述中体味劳动人民的甘苦。比如雒老师所写："登泰山途中，最引人注目的是赤着脚、穿着短裤的泰山挑夫，他们每天挑货不止，肩挑足有百斤重的货物艰难地攀登。肩上隆起了大包磨起了厚茧，如雨的汗水从黝黑的背上滴落在泰山的级级石阶上，他们以挑担为职业，长年累月，披星戴月，我真为他们这种吃苦耐劳的毅力所感动。"

雒老师充满情感的文章还有很多，比如《清音盈耳》《逃避喧嚣》《一只美丽的小鸟》《悲悼陈晓旭》等，字里行间无不流露出雒老师是一个真情炽烈、诗意达观的性情之人。

雒老师的文章充满着诗情画意。

无论写诗词歌赋，还是散文小说，雒老师都是行家里手，从《美哉！水仙》到《菊赋》，再到《桃花赋》；无论写《黄河的黄昏》，还是写《醉卧黄河口》，抑或是《卡伦湖的春天》，每一篇都美到极致，像一幅幅精美的水墨画，清新脱俗又引人入胜。最让我难以忘怀的，是《醉卧黄河口》，简直美得无以言表，给人一种要立马一睹黄河口的冲动，怎一个"醉"字了得？"我被黄河入海处'雄''奇''野''阔'的景色所震撼。黄河口湿地生态美，美在四季变化无穷：春天白云蓝天，满目青葱，野花遍地，春鸟云集，绿野披霞，充满着生机与活力；秋冬季节，天鹅起舞，野鸭成群，鸥鹭欢歌，鸿雁列行，大片大片的黄须菜由绿变红，酷似电影节开幕式上的鲜红地毯……芦花漫天纷扬，绵延百里，犹如大地穿上了美丽的婚纱，柔美飘逸。"我被这文字所迷惑，它带着诱人的味道，不由得让我深陷其中。每一个季节的描写都是那么的唯美而贴切，那道风景，那条宽宽弯弯黄蓝分明的微微隆起的水带，还有那群赏景的人，无不是诗，无不是画，无不是歌，怎能不醉？

我不禁与雒老师一起感叹："这一刻，我想，黄河如果没有万里跋涉、翻山越岭摔打出来的坚忍顽强、骁勇威猛的雄姿，在这里会不会被大海拒之'门'外呢？"这也是此文被《河南文学》选录的缘故吧？

看雒老师的文章就四个字：舒服、受益。他的这本名为《影踪和韵》的散文集共分三部分，第一辑《心灵朝圣》；第二辑《风情放歌》；第三辑《红尘回放》。在恣意的描写里，透出缕缕的烟火气息，比如《剜野菜》《瓜情》《柳笛》等；也有荡漾着踏遍千山万水的凌云豪情，比如《威海纪行》《高青之旅》，还有《曲江海洋极地公园掠影》，很好地践行了"读万卷书，行万里路"的文人初心。

雒老师的作品如同他的为人一样，朴实无华又睿智大气。慢慢欣赏，细细品味，有一种喝二锅头的感觉，上头、暖心、醇厚绵长，有后劲。仅以我浅薄的认知写不出雒老师美文的十分之一，期待雒老师妙笔生花，写出更多的佳作。

柴翠香
2022 年 8 月 20 日

（柴翠香，中国自然资源作协会员，山东省作协会员，中国散文协会会员）

目录

第
一
辑

心灵朝圣

第二辑

风情放歌

第三辑

红尘回放

第一辑
心灵朝圣

鲜花红满大地，离不开
沃土的滋养，每朵花都
是诗人对大地的感恩

母亲最爱吃鱼头

　　童年的记忆里，吃鱼是我最难忘的一幕。我的童年正值我国三年经济困难时期，农村家家户户吃糠咽菜。

　　我的家乡地处小清河边，在小清河北畔的漫洼地里。沟头崖岭野菜丛生，满坡的苣苣菜、夫子苗，脆生生的，长势旺盛。恰逢经济困难时期，这些菜成了村民的救命粮。正值少年的我因长期吃野菜瘦骨嶙峋，母亲为了给我补身体，狠心将积攒的十元钱去石村集换了一条大黑鱼。黑鱼肉质肥美，只有一条粗脊骨。我记得那天母亲下坡归来，就把鱼下锅了。煤油灯下，满屋的蒸汽，香味钻入鼻孔，我的喉咙里似乎被引得伸出了小手。不一会儿，母亲把冒着热气、漂着油花的鱼端到我面前，我毫不谦让地把鱼肉剔下，大口大口地吃起来，吃得津津有味、满口鱼香。

　　我吃鱼肉，母亲吃鱼头。母亲说："我从小时候就爱吃鱼头。"边吃边用嘶哑的嗓音哼起了小曲：

鲜鱼头鲜鱼头，鲜鱼头比鲜鱼更有油。

鲜鱼汤鲜鱼汤，鲜鱼汤比鲜鱼还要香。

　　我对母亲爱吃鱼头这件事迷惑不解，心想：奇怪，母亲怎么有这样的嗜好？后来问邻居雒大妈，她说："你母亲确实爱吃鱼头，并且得了'爱吃鲜鱼头'的名声。"

　　那天，母亲一边就着地瓜干面饼子，吮鱼头吮得津津有味，一边讲述小时候同姥姥抢吃鱼头的情景，讲得神采飞扬。我因母亲抢吃鱼头的故事笑得乐不可支，吃得更香了。自此，我确信母亲极爱吃鱼头。

　　油灯下飘着鱼香的这一幕极富诗意，一直清晰地烙印在我的脑海。长大后我参加了工作，仍然喜欢吃鱼，但每次剩下鱼头、鱼刺只能白白浪费掉。妻子不像母亲那样，她不爱吃鱼头，每次吃鱼我和妻子一人一份，各吃各的。

　　之后我也有了孩子，孩子的成长期正值20世纪70年代，国民经济仍发展缓慢，在市场上三五元钱难买到一条鱼。儿子遗传了我爱吃鱼的基因，某次，我决意让儿子尝尝鲜，花10元钱买了一条大鱼。吃鱼时，我故意把鱼头留下，将鱼肉留给儿子，儿子埋下胖乎乎的小脸，边吃边说："爸爸，你怎么吃鱼头呢？鱼头好吃吗？你不怕鱼刺刺伤你的喉咙？""爸爸喜欢吃鱼头，我小时候还和你奶奶争抢。"答完后，我突然像被噎住，不是鱼头作梗，而是我的喉咙里塞进了一份沉甸甸的回忆，我想起了慈祥的母亲……母亲的心是无私清澈的，此时我终于明白了母亲爱吃鱼头的秘密。

　　母亲的谎言是最无私、最具善意的……

　　世界上最爱我的人是母亲，世界上最让我爱的人是母亲，世界上为我付出最多却不求一丝回报的人也是母亲。母亲是我心中永不熄灭的一盏明灯啊。

清明节那天，在母亲遗像前，我献上了一条烹好的硕大的无头的鱼。

妈妈，你吃吧！

1998 年秋

相聚

——2006年元旦广饶五中二、三级同学聚会

盼望已久的同学聚会即将开始。9点钟，轿车、面包车、小客车等一辆接一辆，相继到达，住在乡镇的同学或步行或骑车，纷至沓来……

他们大都来自垦利、博兴等广饶县的周边地区，大家带着期盼的心情，从各方像云雀一样云集。

宾馆后院及农合银行广场停满了轿车，纵横成行，排列整齐，在雪后的阳光下熠熠生辉，与人流如梭的府前大街，构成了一幅亮丽的风景画。这样宏大的场面，着实壮观。

我们部分同学在大厅前负责接待。毕竟阔别30多年了，同学大都满面沧桑，一脸皱纹，大都年过半百。同学们一见面就互相直呼其名，有的拥抱，有的手拉着手问长问短，人人脸上挂着笑容，欢聚在一起。每个人的行动中都透露出一股浓浓的同窗情谊，户外还是白雪皑皑，大厅内却洋溢着融融暖意。

"别梦依稀咒逝川，故园三十二年前。"那时年轻的学生，今

天都已是各条战线上的"白骨精"（白领、骨干、精英）。他们有的从事经济类相关工作，有的在科技领域，有教师、医生，也有私营企业的老板，还有支部书记兼村主任。长期的创业、辛勤的奋斗，我们创出了不凡的业绩。30多年的岁月虽不算漫长，但同学们大都一步一个脚印走出一条属于自己的成功之路，现在已成为建设国家的栋梁。

在130多人的集体合影队列前，来庆辉同学大声地说："在快门按下之前，欢迎我们的牛老师讲几句。"70多岁的牛老师，头戴礼帽，身体健康硬朗，目光炯炯有神，还是那副略带微笑的面容。他说："难得一聚呀！大家都分别30多年了，原先的校园被占用，老师也退休了，那时的学生现在也变成50多岁的人了。"一席话把大家带入了对往昔岁月的回忆之中。身为东营市政协主席的王少飞同学以及在广饶县政法委工作的周宪富同学也讲了话。

宴席上，众人欢聚一堂，相互举杯致意，一时觥筹交错。同学们问候家人的平安，祝福事业的成功，讲述艰辛的创业史，诉说多年的离别苦，畅谈自己的人生经历。大家纷纷端着酒杯，随着人流，穿过楼梯，来到一楼中心厅，一起向老师敬上一杯祝福酒，祝福老师健康长寿。欢乐融融的气氛达到高潮，弥漫在宾馆的所有宴厅。

岁月荏苒，友情更浓。浓郁的友情像一坛陈年美酒，30多年的陈酿打开了，醇郁浓烈，杯杯飘香，直沁入每个同学的心扉。

沧海桑田，人生易老。大家经过几十年人生风雨的洗礼，大都成熟稳重，虽鬓染秋霜，却也正值建功立业的盛年，并会以只争朝夕的态度，在辉煌的道路上昂扬向前……

2006 年元旦

美哉！水仙

　　世人大都喜欢牡丹的雍容华贵，或是梅花、兰花高洁清雅的风韵，唯我独喜质朴淡雅、自然清纯的水仙。像陶渊明爱菊、周敦颐爱莲、林和靖恋梅那样到了痴迷的境地，我喜欢水仙，对它倾慕已久，同它结下了不解之缘。

　　　　一抹碧绿

　　　　朵朵银花

　　　　清清幽幽

　　　　皎皎洁洁

　　　　岁寒时节到君家

　　　　一钵泉水

　　　　几粒石子

　　　　凌波仙子

　　　　一身清白

俏丽何必奢华

香气透天涯

……

　　读着赞美水仙的动情诗句，我更加倾慕、迷恋水仙了。今年去南方参加笔会，福建的文友送我几颗球根水仙，有黄的、白的、红黄镶边的，我尤喜素雅淡白的。那球根朴拙，有裂开的疤纹，外形像极了毛芋头，单个的像野生慈姑，大块的像土里土气的荸荠，可谁料，岁寒雪天，它竟抽芽吐蕾，开出淡淡的、洁白的、小巧玲珑的花朵，赛过神仙姿态！

　　那秀颀浓绿的叶片，犹如用温润碧玉琢成。一抹淡淡的绿色，叶间簇拥出数朵银花，恰似五角玉盘，花蕊鹅黄淡雅，美丽极了！

　　水仙没有浓妆艳抹，不着"凤冠霞帔"，简简单单，朴朴素素，像白描的兰草，像素淡的仙子，《群芳谱》里难得有这样质朴清纯的自然美呵！

　　我想，水仙的球根酣眠在我身边，它有怎样的梦想呢？碧绿的梦？绽着玉花的梦？或许它根本没有睡去，只是等待在隆冬独占一枝春呢！

　　它的故乡在福建一带，性喜温润，喜恋阳光，然而移居北国，偏偏在这水瘦山寒的岁尾，绽放于窗前，独领风骚，成了报春第一花。你不能不赞美水仙超凡脱俗的格调，倔强挺拔的身姿，浓绿鲜郁的活力！水仙那团团的球根，分明是一颗颗裸露的心脏，那幽幽的几点绿意，分明是一缕春的气息，全都藏在它那美丽的心灵里了。没有内在的纯情、鲜活灵动的灵魂、清爽典雅的格调、自然大方的气韵，怎么会有质朴的美，自然的美呢？

"清水出芙蓉，天然去雕饰。"一点鹅黄，半盆绿意，几缕清香，水仙雅，水仙美，自有它的独特气韵。点点清水、几粒石子，这质朴无华的生活环境，与它清秀典雅的格调相匹配。

水仙呀，水仙，清贫的水仙，难道你不怕苦吗？莫不是你深知绚丽多姿的百花园要土要肥，才不肯奢侈靡费？莫不是你身处炫彩缤纷的大千世界，格外严于律己，坚守贞操？

我坐在窗前细细端详亭亭玉立的水仙，欣赏它的风姿，聆听它的物语，领略它的气韵，赞美它的绿意，吟咏它的高尚，细品它的朴素，热爱它的简单。一盆优雅的水仙，散发出清香，翘立着粗壮的绿茎，不求条件，不择环境，不讲奢侈，顽强地生长着！我不禁神思驰骋——点点卵石，岂不像裸露的海岛？那广阔的海疆，有多少岛屿？烟波浩渺的大海上，有多少在岛礁上兀立的哨所？那咸腥味的海风，嶙峋的怪石，还有那珍贵的泥土，终年驻守在这样环境里的战士们，岂不是在这寒天岁暮朵朵盛开的水仙？

我眯上眼，窗前仿佛出现了凌波仙子，她微微地笑着，仿佛要对我叙说海岛上动人的故事。

伏案窗前，凝视水仙，浮想联翩，一首抒情诗随神思杳然跃出，不得不提笔抒怀……

> 醉于青山绿水间的美丽仙子
>
> 风轻轻飘来淡淡的幽香
>
> 那是你的一曲赞歌
>
> 扎根海岛
>
> 建设海岛
>
> 一抹纯真的朴素美

在高山的一隅

在我清润书斋的一角

你总给我圣洁的启示

质朴纯情

淡淡清香

……

原载 2020 年 11 月 15 日《齐鲁晚报》

晨曦

——《晨光周报》创刊词

  晨晖镶嵌于天幕，如锦似缎，万般绚丽。早晨雄鸡此起彼伏地啼叫，高昂的声音，在乡村的天空悠悠回荡。静悄悄的农村从熟睡中醒来，晨风轻拂，吹荡人心，吹醒了万物，吹开了百花。树木吐出了绿色的云霞，染绿了村庄，染绿了庄稼，染绿了每个人的心。

  校园的早晨，空气异常清新，树叶上、青草上、花蕾上湿漉漉的，叶尖上挂着晶莹的露水，小荷叶上的露珠还不时滚来滚去，清新袭人。勤快的鸟儿开始了各种鸣笛般的歌唱，天空湛蓝，白云飘飘，莺歌燕舞，再吸一口透着泥土清香的空气，浑身舒坦。

  通往学校的路上，一群群学生披着淡淡的霞光，从四面八方向学校走来，一张张红扑扑的脸蛋似朵朵盛开的鲜花，像一幅绚丽多姿、充满希望的动人画卷。

  田野里，早起的农民像蜜蜂一样忙碌着，施肥、播种……在绿色的地毯上编绘着春耕春种的图画。

这绿色的季节，是播种的季节，人们播下幸福，播下希望，秋后会有金灿灿的收获。旭日就要喷薄而出了，霞光给校园抹上了金色的光彩。

啊，校园！如诗如画的校园。

生机盎然的土地，清纯宜人的乐园。

美丽无比的云霞，多姿多彩的早晨。

热情似火的少年，满目怒放的花朵。

好一幅优美夺目的晨光图。

2000 年春

小小鱼塘

　　养观赏鱼，是近几年的事，先前我连想都不敢想——当教师时整天行色匆匆，上有老，下有小，忙得气都喘不过来，哪有心境养鱼？弄不好会惹出"焦老大爱林妹妹"的鄙夷和诮语。再说那些斜头歪脑的鱼类，在我看来，都是畸形的"异种"，与我这个爱读书、喜写作的人是格格不入的，丝毫激不起我欣赏的情趣。直到城里的一位老朋友，好意劝我养一塘观赏鱼，并答应给予技术上的指导，加上近几年条件得以改善，住房也有了变化，我这才动了心。

　　听朋友讲，现在的养鱼技术比较先进，只要鱼塘里的水达到了生态平衡，每天喂一次，就不用再操心了。而且拥有一方鱼塘等于把海洋搬回了家。海洋鱼类千奇百怪，多姿多彩，能愉悦人的心情；茶余饭后观赏，能调节人的情绪，有益身心健康。在一番劝说下，心动变成了行动。学生张怀志听说老师养鱼，主动请缨给我砌起了一方鱼塘，并用"柏林墙"相隔，左右各一塘，右侧放养海洋鱼，左侧放养龙睛、蝶尾类金鱼。

差不多半年后，鱼塘中的人造海洋真的实现了生态平衡，不用担心因水质问题出现病鱼。水温、鱼食的调整费去不少时间，当然朋友的技术指导功不可没。原以为生态平衡，就无牵无挂，轻轻松松，可尽情观赏了，没想到，冬季来临，水温下降到15度以下，海洋鱼类很快死亡，金鱼因长时间缺食也体弱生病。

鱼类世界，也同人类社会一样。起初只觉得五彩斑斓，美丽得很，就像少年时代对一切充满美好的憧憬，及至看久了，才发现其中的残酷。

鱼塘也像一个小小的社会，先来的"移民"经过一段时间的磨合，好像成了"土著"，再有新的成员加入，起码要受几天气——"土著"会用嘴咬、用尾扫，挤兑新成员，好像它们是外来"侵略者"，新成员只好畏畏缩缩地躲在石缝里，连鱼食也不敢享用。这样的情形还不算坏，只不过是立立威，更可怕的是还有血淋淋的暴力。一条鼠嘴虎皮斑和一条长触须是一起买来的，那长触须头上长有长须，脸部花纹如京剧花脸的脸谱，两只圆鳍划动起来显得悠闲自得。起初它们相安无事，但是后来鼠嘴虎皮斑生长得很快，长触须与之相比成了弱小的一方。有一天，长触须消失了，无声无息地，过了几天，当它再度出现时，我发现它的半身皮被撕破。艰难游动的长触须大约抵御不了饥饿，才出来觅食，不料鼠嘴虎皮斑又窜过去，一口咬住受伤的长触须，这回长触须虽然挣脱了，但它却奄奄一息，很快躺在水底不动了。

左侧池塘内同样上演着悲剧。一群龙睛在塘内生活得十分惬意，它们头大、眼凸、尾如蝴蝶，游动起来美丽多姿。有一种自生的野生鱼种出现在塘内（我不知这些鱼怎么进到池中的，或许是我购买鱼类食物时发善心不忍丢弃，才放养水中的），野生鱼前鳍双侧各生有一长针，凶猛可恶，当地人叫它"嘎咬"，善于用长针做武器。一天，我发现龙睛的眼睛被刺破了，尾巴被咬得长短不齐，起初认为是鱼病，时间一长，居然有20多条龙睛消失了。一日，"嘎咬"突然从水底窜到水面，咬住一条龙睛大口吞咽，秘密此时才被揭开……

平生爱打抱不平的我，亲历了悲剧的发生，怒气难息，提来水桶，挽起裤脚，下塘刮水，捉拿凶犯。一会儿工夫，池干鱼现，鼠嘴虎皮斑活蹦乱跳，又肥又大的"嘎咬"肚皮膨圆，拼命挣扎。我捡起来，将它们一同投向野猫。

没想到，在我小小的鱼塘内竟没有平静与安宁。是呀，"弱小者"多需要呵护啊！

原载2009年9月《黄河文化》第9期

《相聚花官宾馆》序

岁月荏苒，步履匆匆，转眼间同学们已经分别30多年了。32年前，我们这些莘莘学子，抱着学好知识报效祖国的宏伟理想，步入广饶五中这座知识的殿堂，开始了中学时代。从朝阳初升的晨读到悬灯熠熠的晚课，多少个日日夜夜，无不留有我们苦读的身影，凝聚了清纯的同学情谊。三年的高中生活是短暂的，也是难忘的，它将永远留存于每个同学的记忆中。

弹指一挥间，30多年过去。回首走过的人生路，有时布满荆棘，有时偶有泥泞，留下了深浅不一的脚印。现在有的人已鬓发斑白，有的人满面沧桑。长期的拼搏，辛勤的奋斗，艰苦的创业，大家在各自的岗位激情奋进，创出了不凡的业绩。现在同学们遍布天南海北，都有属于自己的一片蓝天，拥有成功的事业。

随着时间的流逝，再次相聚成为我们最大的渴望。2006年元旦这天，我们终于相聚了，大家不禁雀跃欢呼！这是同窗之情燃烧的火焰，纯真情谊涌起的波澜，它牵动着每位同学的心。大家珍惜相聚的分分秒秒，把酒相庆，重温旧年，追忆昔日的峥嵘岁月，思念那教导我们成长的恩师；大家举杯言欢，互致问候，畅谈人生。

依依离别意，悠悠寒窗情。2006年的元旦相聚是我们同学之间的一次非凡的大会面，它将永远留存于每位同学的心中，也将激励我们去谱写更加动人的人生乐章。仓促间，急于笔成，草诗一首：

历经沧桑三十秋，
相聚回首忆旧游。
卓绝寒窗情难抒，
浓情师恩萦心头。
学子艰辛酬壮志，
桃李成器硕果收。
他年再作师生会，
满目辉煌尽风流。

2006年1月1日

李方膺画钟馗惩恶魔

　　李方膺在乐安当县令的时候，当地有个梁姓地主，家财万贯，粮食丰盈，人称"梁大户"。梁大户拥有大量的土地、庄园和众多的家丁、佣仆，为富不仁，横行乡里，在当地恶名昭著，堪称一霸。他外租土地，放粮放贷，计算利率用"驴打滚"的方法；租给农民的土地，不论年景，地租一律照收。

　　　雍正八年近端阳，
　　　一场风雨麦遭殃。
　　　贤官心内如汤煮，
　　　家家户户痛断肠。

　　雍正八年，李方膺在此地任县令已一年有余。这一年临近端阳节，下了一场暴雨，麦田里快要成熟的小麦被淹了。作为对民情关注较多的新县令，风停雨住，李方膺就急忙动身下乡察看灾情。他一身简装，不骑马，不乘轿，夹着雨伞，携着书童，匆匆出了城。雨后的乡间小路满是泥泞，空气中湿漉漉的，他只好脱靴赤脚，由书童扶着蹚水前行。沿路走过，他看到黄亮饱满的麦穗，齐刷刷地倒伏在水里。多可惜啊！他长长地叹了一口气。

走近一村，农民正聚在一起议论纷纷。有的叫苦不迭，指天骂道："老天爷不长眼。"有的说："倒霉的年头。"有的说："怎么活下去啊！交不上租，下半年还不是'驴打滚'？张老汉不是被'驴打滚'逼得自尽了吗？"有一老妇的草房被风卷掉了顶，怀里的婴儿饿得哇哇叫……一位年轻小伙子愤愤不平地说："即使这样，那梁大户一定照样收租，他能怜悯咱们穷人吗？"李方膺同情地点了点头，安慰他们说："乡亲们，灾情苦了你们，那梁大户我去找他交涉，我有办法免了你们的地租。"大家不知道他是乐安县令，怀疑他能否替大家办事。书童冒冒失失地说了一句："他就是咱们县的县太爷。"众人一起下跪："李大人，李大人！"李方膺忙说："大家快起来，那梁大户家在哪里？我这就去。"有人指着东北方向的一处大庄园说："那就是他的庄园，周围被一片树林围护着。"李方膺带着书童向庄园走去。

这几天，狂风把梁大户家后院的房顶卷掉后，暴雨把他家供奉的祖宗牌位冲翻了。这人心狠手辣，却很迷信，觉得征兆不妙，以为有祸临头。联想到近几年因放高利贷，逼死多人，一时噩梦不断。一日，竟梦见一群僵尸夜间敲门算账，因此疑神疑鬼，觉得有穷鬼索命，觉得老天爷不容，于是胡思乱想，精神恍惚。风雨刚过，他急着让长子请阴阳先生来看风水，见李方膺双目炯炯地察看周围，以为是看风水的，忙问："先生贵姓？可会看风水？"李方膺顺水推舟地回道："是，贵府有何事？"梁大户忙请李方膺进入后院，他指着被风刮得歪七扭八的祖宗牌位，恭敬地问："先生，是吉是凶？"李方膺仔细看了看他家，清一色的紫檀家具，宽敞的院落，华丽高贵，着实气派。尤其东厢囤着满到冒尖的放贷粮食，真可谓"粮大户"。

梁大户露着得意的笑容说："先生你看我家房屋位置哪里不妥？望先生指点，我高价酬谢。"

李方膺已摸透了梁大户的意图，说："我看不必了，只要你今年积些阴德，不收农户地租就行啦。"免收地租对于梁大户这样"剥削有方"的财主来说是天方夜谭，他听到这话，脸顿时阴沉下来。接着，李方膺语气坚定地说："只要你答应少收半年租，我就画一幅《钟馗图》，保你家大小平安。"梁大户看他五官端正，精神矍铄，但看风水没带罗盘，还弄出了从没见过的"以画镇邪"。梁大户心想，不能得罪，说不定此人有什么大背景，于是说："好，好。请画，请画，画一幅驱妖镇邪图吧！"

李方膺铺开纸，书童研墨，他挥笔勾画轮廓，着妆调色，顷刻，纸上出现了一个钟馗画像。画中钟馗头戴高帽，帽顶红缨似在飘动，身穿红袍，敞怀露胸，目眦尽裂，满脸杂乱的胡须，俨然一醉汉，而且右手提一串金钱，左手持佩剑。画好之后，李方膺在左上角题诗一首：

豪门粮户积阴德，

恶鬼不曾附此身。

劝君莫做不仁事，

否则钟馗惩恶棍。

这时，县衙差人牵马来接李大人，来人说："请大人快回去，京城有公文到！"梁大户吓了一跳，这才发现眼前之人竟是县太爷。他颤抖着说："望大人恕罪，小人有眼无珠。"

李方膺冷笑着站起来，厉声说："记住，大雨淹了地，免租半年，否则来日再见。"

晚上，梁大户望着墙上的《钟馗图》及附诗，觉着凭这一幅画免租太荒唐。他躺在床上，胡思乱想起来，过去为非作歹的一幕幕重新浮现，使他惊悸不安。朦胧中他跨入殿堂，只见钟馗醉态不减，吞食着入殿的小鬼。又见众多鬼怪走来，钟馗吼道："我要捉尽人间的恶鬼。"忽见火光一闪，钟馗来势汹汹地从画上下来，骂道："你财迷心窍，你剥削无度，你心狠手辣，你索了多少穷人的命，今天轮到我来处置你这吸血鬼。"他右手拿着一串钱，左手举着佩剑，扑向梁大户，用铜鞭似的钱串抽打着梁大户。梁大户满床乱滚，惊叫不止，睁开眼一看，自己浑身湿透了，再爬起来看看《钟馗图》，里面的钟馗还是右手举着铜鞭，怒视着他。他惊恐万状，跪下来叩头："大人息怒，我保证不收租。"说也奇怪，他求饶后，《钟馗图》上的钟馗不动了。他吓得血脉凝滞，六神无主，联想起多年的不仁之举，想着因自己压榨、勒索而冤死的鬼魂，想着想着便断了气。他死后，当地流传着两句民谚：

> 一场风雨麦遭袭，
> 县令巡情灾民急。
> 落笔一幅钟馗画，
> 替民免除半年租。

2014 年 5 月

清明赋

一列长长的少先队队伍来到烈士陵园，怀着崇敬之情，向烈士墓碑敬献花篮，以表达对烈士的敬仰。

——题记

清明佳节，细雨纷扬。伫立碑前，肃然起敬，心潮起伏，思绪万千！悲壮的精神，犹如黄河波涛，奔腾不息，催人缅怀。肃然哀悼，默默地追忆，深深地思念……

忆当年，沙场点兵，金戈铁马，气吞万里如虎。

忆往昔，半壁沉沦，山河破碎，苍茫大地凄楚。

思英烈，手持弹药，冲锋在先，疆场硝烟弹雨。

昔日蒙难的祖国，到处硝烟弥漫，炮火连天。乡村遭劫，城市沦陷，阴霾茫茫遮天。

列强来犯，家园荒芜，房屋倒塌，断垣残壁，燃起烈焰火海。长城内外，大江南北，灾民背井离乡，四处逃散，民不聊生，哀鸿遍野……

在危急关头，英烈冲锋，挺身而出，以血肉筑起钢铁长城，在祖国危难之际，心系家国，血染战衣，壮烈献身，流尽最后一滴血。

打开革命史册，先烈战功赫赫，页页辉煌，惊天动地，感泣鬼神，彪炳千古。

翻开革命战争卷宗，英烈斗志昂扬，浴血奋战，转战南北，纵横东西，血染江山。

怎能忘，鸦片战争，列强入侵，有多少民族精英、爱国志士，为反抗而颠沛流离。

怎能忘，五四运动，"惩办国贼，还我河山"的呼声，一浪高过一浪，响彻云霄。

怎能忘，卢沟炮声，震唤国民，抗日烽火，燃遍了长城内外，大江南北。

怎能忘，百万雄师，横渡长江，摧枯拉朽，势如破竹。顺应民意，人间正道是沧桑。

怎能忘，雄赳赳，气昂昂，横跨鸭绿江。烽烟滚滚，炮声隆隆，卧雪忍饥，意志刚强，无数将士将热血洒在三千里疆场。

热血青年，捍领土完整，卫祖国尊严，赴死如归，捐躯赴难，谱写了一曲曲壮烈的悲歌。

改革开放，继往开来，各行各业，飞黄腾达，日新月异，蒸蒸日上，迈向世界之林，成为国际之强。

先烈，英魂在上，青史永垂，光照千古，功勋名扬。

先烈，气节高尚，郁郁苍苍，傲寒凌霜，万古流芳。

先烈，形象高大，横空出世，志存高远，凌空傲苍。

先烈，世人心中的丰碑，行动的楷模。今人继光荣传统，承未竟事业，绘蓝图，擎旗帜，迈向富强。

2019 年 4 月 5 日

边陲红梅吐幽香

——马永欢散文集《踏雪寻梅》读后感

　　2019 年夏天，在全国散文作家云南大理笔会前夕，马永欢老师邮来了他的散文集《踏雪寻梅》。手捧沉甸甸的散发着油墨清香的书，我心情激荡，倾慕之情无法言表。下面谈谈我读《踏雪寻梅》的肤浅感想。

　　纵观当代文坛，数以万计的作家正热情奔放、激情昂扬地奋力创作，形成一股万马奔腾的创作气势。在这浩瀚如海的创作大潮中，有一位云南作家，那就是我的文友马永欢老师。马老师的散文创作已经形成独特的地域风格。文学作品只有根植于生活的泥土之中，才能彰显出旺盛的生命力，散发出浓郁的芬芳气息，传递着浓厚的地域风情，闪烁着淳朴的思想光芒，承载着历史担当和现实责任。大多数作家都有自己的精神领地，心中都有一方精神家园的净土，把个人梦想与社会责任融为一体。马永欢老师就是这样一位有担当的作家。马永欢是云南大理永平职高的一位老师，也是一位勤奋高产的作家，业余时间创作了大量的文学作品，散文集《踏雪寻梅》已经是他的第10部作品了。

2011年9月，他出版了散发着浓浓乡情的《桑叶情》，2012年出版了具有浓郁南国风情的《火对冰的表达》，2013年出版了用乡情抒写自己生命与心灵的《神奇美丽的博南》，2014年出版了穿越历史，推开时光窗口的《永平记忆》，2015年出版了犹如一幅江南山水画的《四美如春》，2016年出版了传承民族文化的《古道回韵》，2017年出版了雕刻时光的《银河曙光》，2018年出版了《踏雪寻梅》与《彩云恋歌》，2019年又出版了散文集《放飞梦想》。所以说，今天在大理东方散文杂志社为马永欢老师举办隆重的作品研讨会，他是众望所归，也是当之无愧的。

马永欢老师自2005年开始发表作品，14年的时间里，他的散文作品相继在全国各级报纸杂志上发表，可谓遍地开花，其中获奖24次。每篇作品都凝聚了马老师对文学的执着与痴迷，承载着马老师的理想、良知与使命。这样的作家无疑是优秀的。

说起与马老师的缘分还有一段故事。与马老师相识是在2017年首届东方散文奖的淄博笔会上，当时100多位作家相聚淄博，而与马老师的近距离接触是在高青县天鹅湖泡温泉时。他衣着朴素，两鬓苍苍，和善，儒雅，看起来是一个不显山不露水的小老头。因同池泡温泉，我们成了好友。笔会结束，马老师给我邮寄了他的散文集《银河曙光》。该作品不管是主题、语言、构思，还是阅历等诸方面，都让我倾慕不已。大理笔会前夕，马老师又给我邮寄来了《踏雪寻梅》。我翻开崭新并散发着油墨清香的《踏雪寻梅》，阅读书中灵动的文字，揣摩细腻的表达，感悟作品追求的境界，思绪难宁，敬佩不已。我心目中的那个小老头的形象，渐渐变得高大了起来。拜读马老师的散文，犹如走进一座华丽辉煌的文学宫殿，可窥探马老师对情感和艺术的追求，了解他的审美境界和思想内涵，以及对文学的敬畏。马老师笔下的山水田园、历史典故、地域风情、名胜古迹以及精神向往，是那样的清晰、灵动、恬淡、优雅。如《笔走蝶泉》《巍山走笔》《倾情花街》《洱海风情》《春天外出》等，无不给读者留下深刻的印象。

《踏雪寻梅》用典精妙、寓意深远。书名的字面意思是形容文人骚客雪中赏梅的闲情逸致，但在本书中，"踏雪寻梅"有着特殊的含义，意在表现作者对梅花高雅品性的喜爱，对梅花傲寒独开的赞赏，对梅花唤醒百花引领风骚的欣赏，对梅花散发暗香却不争春的倾慕，同时也代表了作者对文学的终极追求。这正说明马老师从事的文学之路，已经开出了一朵幽香俏丽的生命之花，给人间带来亮丽，给世界带来芬芳，给人以向上向善的正能量和无穷动力。

宋代诗人林逋，有"梅妻鹤子"的美誉，留下了"疏影横斜水清浅，暗香浮动月黄昏"的千古名句；陆游笔下的梅花和国家命运紧密相连，其风格雄浑豪健、气势奔放、沉郁苍凉，洋溢着强烈的爱国主义激情；毛泽东的《卜算子·咏梅》中，梅花独领风骚、傲霜斗雪，展现了刚健豪放、雄浑阔达的豪情。马永欢老师的《踏雪寻梅》也蕴含着豪迈情怀，激励着他蔑视困难，一直向前。张勇先生在《踏雪寻梅》的序言中这样写道："当我在为马老师的文学作品击节赞叹时，南宋陆游的一首诗闯进我的脑际，久久盘桓不去——僵卧孤村不自哀，尚思为国戍轮台。夜阑卧听风吹雨，铁马冰河入梦来。"这段话很好地说出了马永欢老师文学创作的初衷，折射出马老师作为作家的爱国情怀和社会担当，体现出马老师"铁马冰河"的豪情以及未酬的壮志和使命。

一个优秀的作家，不可能离群索居，超然物外，使命感与责任感，是其必须具备的。马老师之所以卓尔不群，是因为他的散文中散发着思想的光芒，有着炽烈的为民而歌的情怀。他常年奋战在教学第一线，扎根于大理永平这片深情的土地，辛勤地耕耘着他的精神家园，始终把目光投向深邃的、灿烂的历史文化，笔耕不止，佳作迭出。在文学创作中，散文是超越物欲的精神升华。马老师在创作中找到了让灵魂偾张的生命之源。所以在他的笔下，一个个不朽的历史人物再次跃然纸上，一座座青山有了高度，一道道河流有了生命的曲度，一朵朵白云有了情感，一个个心灵有了寄托。那壮丽的生命，横溢的才华，骚动的情感，彰显的个性，奔腾不羁、恣肆汪洋；强烈的忧患意识和悲悯情怀，在他饱含温度的文章中表露出来，使之成为绚烂的精神之花。如果没有饱满的生命情感，他无法抵达思想的巅峰；如果没有对人生的透视和良知的蕴藉，则无妙笔生花的篇篇美文。正因如此，他的散文才通俗易懂又不失深刻。

文章犹如花朵，一旦失去生命的热力，无论多么精致，也无法焕发生命的激情和力量，终将成为无源之水，无本之木。拜读《踏雪寻梅》中一篇篇散发着浓郁人文气息的文章，我深刻感受到马老师深厚的古典文学功底和生活阅历的厚重。这位大理乡村作家，远离浮躁，怀揣一颗虔诚的心，撬动历史文化的盖子，为我们挖掘出语言优美、故事神奇的动人篇章，让所有拜读过他文章的读者，都为之赞叹、感动、景仰、倾慕！

《踏雪寻梅》是一部内涵丰实的杰作，有对田园山水空灵恬淡的吟咏，有对风情韵物的热情赞美，有对历史传说、历史人物的评赏和瞻仰，有对人文景观的讴歌和颂扬，更有对各个时代故事的哲学思考。书中寄予了他浓浓的割舍不断的乡愁，每一部散文集，每一篇作品都渗透着马永欢对那片土地魂牵梦萦的深情和挚爱，他用文字还原历史，记住文化，不忘乡愁。

《踏雪寻梅》是马老师生命的原风景，是铭刻在他心中的文化符号。但此书的所有篇章，包括出版的10部作品集，都尚未描绘出他心中的全貌。马老师笔下的世界是真正意义上属于他的世界。他的精神家园是那么独特和旷达，朴实和纯粹，质朴中不乏美丽的诗意。马老师笔下的《洱海风情》魅力四射，苍山洱海如诗如画，苍山隐隐，洱海悠悠，水天一色，简直是人间至美天堂，美到极致，美到巅峰，让没有到过大理的游客，读后可以抒写绝美篇章。再如《笔走蝶泉》："苍山脚下的绿树环绕蝴蝶泉，我感受着千年丛林的丝丝凉意；泉边的一棵千姿百态的古树，如画似诗，是蝴蝶诗意的栖居地，我眼前虽然没有蝴蝶，在我的美好想象中，蝴蝶却翩翩起舞，成对成双，并成串，如树似叶，构成一个扑朔迷离的绚丽世界；古树倒影在清泉中，几条红鱼分散畅游，我倚栏俯视，古树、蓝天、白云、红鱼、我的倒影，建构了一个神奇美丽的世界。这世界，是文学的，是超现实的，是超然的，是红尘没有的纯粹的情感世界，因而，是我神往的，倾心的。"马永欢老师笔下的蝴蝶泉优美缥缈，秘境一般，醉倒读者，迷倒骚客。再如《倾情花街》中讲的："一盆闺女花，又叫玻璃翠，在夏季盛开。马嘉礼老师说：'花儿虽然不大，却无比鲜艳、纯洁，在绿叶丛中显得羞羞答答，花秆像翠绿的玻璃，所以被人们赋予诗意的花名。'马嘉礼老师还说：'我折断一枝，插在花盆里，一天就死了。我用刀子连根撬了一枝，移栽到土壤中，活了。'我看着88岁老人的表情，似乎透出对娇嫩花儿的一点感悟：88岁前，没有走进花儿的生命之中，88 岁的今天，在不经意间，忽然感觉花儿有独具特色的生命，生命与生命，在别样的时空中发生交融。对花儿陌生的我，恍然大悟，喜悦不已，花儿的成长，是需要土壤的，是离不开根脉的。马嘉礼老师微笑着说：'永欢，我还要送你一盆玉牡丹。'小花盆里的一株玉牡丹，有着层层叠叠的翠绿，丰盈的绿，积极向上的绿，宛若一朵绿色的花朵，舒展生命的华美。我曾经听一个同事说，玉牡丹俗称'打不死'，具有较强的生命力；它越被打，生命力越强。我说：'马老师，谢谢您的赠予，我一定呵护好您送给我的最珍贵的礼物。'我把闺女花与玉牡丹小心翼翼地摆放在二楼绿色长廊上。"作者在这段话中，极度赞美了闺女花、玉牡丹的顽强生命力，昭示着作者的精神追求和宽阔心胸。

马永欢老师是当代散文界的一匹黑马。马老师的根在大理，大理有马老师的梦。他的梦是彩色的，绚丽缤纷的，他的作品散发着浓郁的泥土清香。他勤劳欢快，人如其名，为抒写生活而快乐，为讴歌盛世而欢乐；他在欢乐中而奔腾，在欢乐中寻求人生最大的价值，在欢乐中书写更欢乐的人生篇章。

2019 年 3 月 15 日

菊赋

冬天到了，东院里的两盆菊花自然是该搬到屋里，虽说菊花是傲寒耐霜的，但我终是于心不忍，毕竟那是富有魅力和充满生机的鲜活生命，何况它们又是一年里最后一道绚丽的风景。身边有清雅的菊花相伴，也是一种幸福：在电脑前敲字敲累了，起身走到阳台上欣赏菊花的丽姿倩影，几分惬意涌起，温暖在心。

虽然我悉心关照着菊花，让它在室内与我做伴，但随着冬天的来临，它们渐渐不适应环境了。室内虽有不低的温度，但两盆菊花垂垂老矣，枝叶渐渐枯萎，先前那极致的美丽影态荡然无存，让人心中不免有些怅然。或许这是生物的规律吧，人生一世，草木一秋，何况菊花又生长在寒冷的北方呢。菊花萎靡了，但它却又至死不屈服、不低头。宋代词人郑思肖有诗曰："宁可枝头抱香死，何曾吹落北风中。"菊花的气节是令人赞赏的，凌寒抖霜的风骨是值得我们赞美的，这些优秀的品质就是历代文人士大夫褒奖和颂扬菊花的原因吧。

菊花枯萎了,还要将它的花贡献给人类。菊花是名贵的中草药,具有清肝明目、清热解毒的功效。盛夏来临,与朋友坐在有空调的室内,泡上一壶菊花茶,慢滋滋地对饮,谈天论地,也是一桩十分惬意的美事!细细想来,菊花怪可怜的,秋冬时清雅的身姿给人们带来心境的愉悦;夏日时,杯中那一朵朵菊花盛开,淡淡的清香弥漫在整个雅室,不知是否会有人忆起它在秋天里那灿烂清爽的丽影呢?

　　菊花啊,菊花!人生当如菊!我慢慢品味。

原载 2022 年《青年文学家》第 9 期

千古孝悌垂青史

小清河的北岸，广饶县西南地区与博兴县交界处，有一个村庄名叫雏家庄。

据该村《雏氏族谱》记载，明洪武四年，雏尚裔夫妇由直隶枣强县迁来此地。当时，雏尚裔一根扁担挑着三个儿子，来到了乐安县北部这野草萋萋、蓬蒿遍野的荒洼地带。他见一条西南至东北走向的河道南岸有一高埠，便在高埠上盖了三间草坯房定居下来，后定村名为"雏家庄"。

雏尚裔夫妇天天日出而作日落而息，辛勤劳作。有一天傍晚，雏尚裔扛着锄头正从南洼向家走去，忽然看见西北方向有缕缕炊烟升起。他感到很奇怪：咦，这荒洼还有人家哩？于是，他就向着炊烟升起的地方走去。走到近前，他呆住了：眼前是墙倒屋塌、瓦砾遍地的荒村废墟，只见一位白发苍苍的老嬷嬷，身边放着些野菜，用砖块支着个小耳锅正做饭呢！老嬷嬷见来了一位老实巴交的庄户人，便一把鼻涕一把泪地诉起苦来："俺这潘家庄原先也算个富裕庄，庄后这条河是宋代的运粮河。早先村里人日子过得不错，后来局势不好，俺村的人死的死，跑的跑，就剩下我这个孤老嬷嬷啦！"

善良厚道的雏尚裔望着这位老妪，对她说："你若不嫌弃，就到俺家去住吧！孩子们正缺个嬷嬷照管呢。"这老妪自然满口答应。雏尚裔把老妪接进了自己家，让到炕头上，端茶送饭，像侍奉亲娘一样；三个儿子也在老妪面前一口一个"嬷嬷"地叫，老妪整天笑眯眯的。

日月如梭，一眨眼工夫十七八年过去了，嬷嬷年过90，已临大限。雏尚裔夫妇及儿子们日夜守候在老妪身旁，端屎倒尿，细心护理。不久，嬷嬷溘然逝去，雏尚裔全家披麻戴孝，将老妪葬在了古河南岸（即现在的雏家祖坟）。

雏尚裔的孝行很快传遍了周边，一时成为美谈。雏尚裔的三个儿子也像父亲一样勤劳，他们开垦了大片土地，并引来小清河水（古济水）灌溉，年年"谷满仓，粮满囤"，家境逐渐殷实起来。

明洪武二十五年秋，雏尚裔逝去。为彰示雏尚裔的孝行，乐安县知县谢中上报后，经山东布政司批准，于洪武二十六年为雏尚裔树立孝坊一座。孝坊坊体高大，立于村东南"大官道"（通往京城的道路）旁。牌坊正面中心刻有"笃孝千古"四个大字。此后，雏尚裔的后代将"雏家庄"改为"雏家坊子"，并沿用至今。可谓：

外地儿子本地妈，
不同姓氏结一家。

养老送终胜亲母，
千古孝悌世代夸。

原载 2004 年 1 月《地名溯源》

笔名的缘起

　　我小时候准备上学时，因在族中是"立"字辈，父辈依照大哥立山的名字给我确定了个"立江"的名字，因为"江山"是一个词组，两人名字连着看是"打下江山，建立政权，重建家园"的意思。当时，我也不知道名字有什么含义，单独审视"立江"二字总觉得没什么内涵，毕竟不是本家族中的兄弟姐妹或熟悉的人，很少有人把我的名字上升到"鼎立江山，建设祖国"的高度。我一直不喜欢这个名字。

　　读初中时，一位上海籍的樊人豪老师见我品学兼优，对我有很好的印象。有一次，樊老师在批改作业时建议我改换名字，说："好学生应该有个好名字来匹配，牌子硬，名字也应响亮。"又说："江水是奔腾不息的，干吗将它立定呢？"老师这样一说，我更不喜欢自己的名字了。老师又接着说："'丽江'这个名字就很好，'壮丽江山'专指祖国大好河山的壮观秀丽，丽江市还是云南省境内的一座历史文化名城，有着地标性的宏伟的古代城市建筑群，是我国著名的风景旅游区。将来你可去丽江古城观光。"说着已将"雏丽江"三字清清楚楚地写在了我新发的作业本上了。我对新名字十分满意。后来真的应了樊老师的"预言"，2019 年，我因参加全国散文作家大理笔会，走进云南丽江古城游览采风，一睹丽江古城的辉煌风采和神秘芳容。我感到用"雏丽江"作为名字，是人与名的完美匹配，十分满意。长时间用一个名字，世人就认同这个符号是个人的代称。"雏丽江"这个名字我用了很长一段时间，在卫校读书、实习、行医和在几处中学任教期间一直沿用，因为它有我青葱岁月的印记和追忆，有我学生时代的青春步履，更有我黄金时期的火热情怀和激扬奔放，它记录着我的荣光。后来，有同学和熟悉的人见到我使用"雏漓江"的名字时，就问："你更换名字了吗？"我回应说这是笔名。

　　我一生顺遂，父母选择最好的学校让我读书。儿童时期能识字后，我就不断地读书，嗜书如命。那时村中没有图书室，大户人家有大量藏书，我就向人家借阅。读了一些小说，如《钢铁是怎样炼成的》《静静的顿河》《战争与和平》《牛虻》《暴风骤雨》《青春之歌》《红楼梦》《西游记》等。读到入迷时，通宵达旦是常有的事，我被小说中的人物感染着，不觉疲倦，天亮简单吃点食物就跟随伙伴一起上学。后来读高中时，学校已有图书馆，课余时间我就钻进图书馆埋头阅览，历史、哲学、诗词、名人传记等无一不读。阅读开阔了我的视野，丰富了我的文学阅历，也奠定了我在文学方面的基础。在参加工作后，我也不断用阅读充实着自己，从未放弃过阅读的习惯，购买了大量的图书，有了自己的藏书屋，自觉满腹经纶，才情横溢，踌躇满志，常在报刊发表些小作品。有一次，加入某文学团体的申请表中要填笔名。那时我没有笔名，一位与我心灵相通的要好的作家建议把与名字谐音的"漓江"填入，因为我们刚刚一起游览过漓江，被漓江的剔透山水洗涤了心灵，开阔了视野，见识了绝美的山水佳境。填完表后我十分钟情这一笔名，也非常感谢这位我所敬佩的同仁。就这样，我有了笔名，用它发表文章，日久天长，"雒漓江"成了我的另一符号。后来办理身份证，族人建议恢复用过的旧称，这样我就拥有音同字不同的三个名字了。再后来，我把以前"雒丽江"的曾用名作为我的第二个笔名，这样我就有了两个音同字不同的笔名了。"丽江""漓江"陪同我走过大半的人生旅途。

很多人的名字是很有讲究的，或是有一定的精神寄托，或是寄寓某种志向，或是寄寓一种情怀，或是寄寓个人内心的追求，或是对某人、某物、某地的特殊追忆和纪念。

我一直用笔名"雒漓江"发表文章至今。也许漓江那青青的山，盈盈的水润浸着我的灵魂，那浓烈的色彩感染着我的情怀，那莹洁如玉、剔透明丽的漓江水象征着我的心境，蕴藏着我的情感。

2022 年 7 月 14 日

《硕果满园》后记

　　我发表过不少作品，从来没想过将它们结集出版。一次偶然的机会，一位笔友建议我将以前在报刊上发表过的作品出一本集子。我总认为，自己不是大诗人、名作家，作品只是些有感而发的、带有生活轨迹的记录，但因笔友的鼓动，便动了心。在着手整理、编辑的过程中，我发现，因多次搬家，存留的作品大多丢失。幸好近年又写了些带有浓郁乡情、颂扬教师辛勤劳作、异地观光等题材的作品，因内容、题材大多为教书育人或与教育相关，故取名《硕果满园》。

　　我在学生时代，就酷爱文学，在哲学、志书、史书、诗词、小说、散文、随笔、医书的阅读中开阔了视野，丰富了知识，也为我倾心投入文学领域奠定了基础。在后来从医和教书育人的过程中，乘着时间的罅隙，我总会沉浸在那别有一番韵味的诗境中，创作了许多作品，多发表在省内外报刊上。

　　我的这些作品是生活的馈赠、勤劳的成果、事业的心曲、影踪的吟咏、心迹的流露、情感的抒怀，篇篇折射着我的生活轨迹，凝聚着我的心血，凝聚着我热爱生活的情感。

我的这些作品难登大雅之堂。由于本人水平有限，缺乏名人的儒雅、襟怀，缺乏名家的豁达、豪迈、大度，诗的格律不够规范，诗味不够浓烈，诗境不够开阔，诗情不够激越，未敢冠以七律、绝句。诗集出版，赧然汗颜，不当之处，敬请方家、读者赐教。

本想出一本散文集，由于原稿遗失过多，发表过的60多篇散文只剩10多篇，我打算在生活中继续挖掘题材，写足数量，另行出版。现有的散文选了部分篇目放在了诗词后面的附录中。还计划出版一部以旅行、怀古、哲理、田园、山水为主要题材的自选诗集，以表达对历史文化的反思，对人生哲理的思考与诠释，对田园生活的眷恋与追忆，对祖国大好河山的赞美与热爱，体现我作为一位老教育工作者的价值取向。

诗集付梓，绝未图谋所谓的"经济效益"或是"沽名钓誉"。我这样的人是不以金钱、名利为重的，将其看得很轻很淡。我坚信，应该看重的是人间的纯情温暖，人间的善良友好，人间的博爱悲悯，人间相帮的美德与互助的高义。诗集刊印，我将分发给我的学生、同学、老师、同事、同乡、文友、知交以及我熟悉的圈子里的人。他们知晓我有一颗未泯的童心，一颗火热的赤诚心，有一腔炽烈的爱国、爱民、爱祖国大好河山的强烈情感就足矣。

在本书的出版过程中，德高望重的著名作家赵英秀先生在百忙中为本书写了序并统审全稿。孙三民同学为本书题写了书名，王秀君老师为本书精心设计了封面，牛培烈、来延明、封学义老师认真审阅了初稿，族胞雒安国为本书的出版给予巨大的支持和热忱的帮助，门龙镇、王跃波、刘海防等老师在教学之余为本书初稿做了认真的校正，在此一并表示诚挚的谢意！

遂赋《硕果满园》以抒雅怀：

一生杏坛吐蚕丝，
满园桃李满园诗。
尤喜花妍竞芬芳，
更醉果硕红丽姿。

2009 年 9 月

《雒姓名秀简编》跋

　　雒姓是中华民族姓氏中的稀有姓，雒姓人的数量很少，区域分布也不广泛。稀有姓氏的名人也稀有，我花费了十几年的时间搜集探采雒姓名人的资料，终于完成了《雒姓名秀简编》一书的编纂工作。

　　雒姓在各种版本的《百家姓》中都没有记载。我参与《广饶姓氏考》的编纂，发现很多关于姓氏的书中都没有写到雒姓，如《百家姓拾遗》《中国姓氏寻根》《中华姓氏大辞典》等，只有南北朝时期学者何承天的《姓苑》中有骆、洛、雒三姓并列其中。还有明朝学者杨慎的《稀姓录·十乐》中有"秦中有此姓"的记载。为了弘扬稀有姓氏的文化，让人们知晓雒姓族人也有优秀的人才，我从 20 世纪 70 年代就开始收集雒姓文化的相关资料和探采雒姓名人。平时，我注意留心各种各样的报纸杂志、影视演职员表，同雒姓族人群居的村落联系，去大学图书馆查阅相关资料，向雒姓族人村落集中的省、市、县（区）求购县志、谱牒，或以书信、电话、短信、邮箱等联系方式征集。

20世纪70年代，国内上映了一部电影《火焰山》，演职人员表中有一位工作人员叫雒廷富，他在大众电影百花奖、中国电影金鸡奖中荣获最佳特技奖，是当时出现在公众视野中的雒姓人物。随着网络的普及，我在网上又查到部分现当代优秀的雒姓人才，从所编资料看，50后、60后、70后居多，历史名人偏少，只有明朝时期的几位进士中有位明朝大理寺评事叫雒于仁，他曾骂倒皇帝，名扬一时。

从网上看，雒姓族人在全国分布很广。我想这是人口流动所致，如高校招生、士兵戍守、农民工外出打工，他们在所在地上网发帖，显得全国各地都有雒姓人口，但等到大学生毕业、士兵复员、打工族返乡，他们原来的所在地就无雒姓族人了。雒姓族人真正集中定居的村落并不多，主要分布在陕西、甘肃、山西、河南、河北、山东等地。东北地区、四川、重庆等地也有零星分布。

编著《雒姓名秀简编》意在弘扬中华姓氏文化，展现雒姓这个稀有姓氏和雒姓的优秀人才，激励和鞭策雒姓子孙成才。让大众了解，雒姓也是令历史生辉的一姓；让族人知道，雒姓名秀是雒姓族人的骄傲，是雒姓的形象代表。我作为编著者，因有这么多优秀族人而感到无限欣慰和自豪。同时也希望雒姓后裔学好知识，创造条件，造就自己，使自己成为更优秀的人才。希望未来可以发展壮大雒姓人才队伍，让雒姓人才辈出，扩大雒姓人才影响力，为雒姓增添光环，为祖国建设事业做出更大贡献。

在编纂过程中，由于本人才疏学浅，探采视野狭窄，可能有很多名秀未被编入，有待续集或是第二集再编入。书中错讹和粗陋之处在所难免，望广大读者和族人批评指正。应该特别指出的是，甘肃河西学院雒焕国教授研究撰写的《雒姓纵横谈》被收入在本书附录里，明朝部分历史名人的有关资料也是从其文中摘取的。同时，吉林省延吉市老干部雒仁礼，青岛市即墨区老学者雒法福，山东省德州市宁津县老教师雒凤岐，山东省广饶县雒家村老村长雒新洲，安徽省淮北师范大学教授雒有仓等，对雒姓名人的搜集挖掘做出了贡献，在此深表谢意！

在本书出版过程中，中国著名画院画师、中国书画院常务理事、华东碑林书画馆馆长、《黄河文化》主编、东营市民间文化研究会会长魏振林在繁忙中为本书精心撰写了序言。著名书法家、诗人、原东营市博物馆馆长李品三先生为本书题写了书名。黄河口山川画院院长、著名美术师、老同学王新峰为本书精心设计了封面。书籍排版人员张甜甜女士为本书版式做了精心的构思和设计。他们几位的付出提高了本书的品位和档次。温安强老师、门龙震老师、弟弟雒立海、儿子雒维克等不辞辛苦地为文稿的打印和版面排列奔波忙碌。文史作家封学义先生为清样校对付出了心血。张子福、缪荣清、门光一等同志为本书给予了巨大的支持和热情的帮助。在此一并深表谢意！

《雒姓名秀简编》付梓，故草诗一首，寄言：

> 书成堪可慰平生，
> 为颂雒姓万里行。
> 阅志采牒茹辛苦，
> 考碑辨碣留迹踪。
> 殚精辑录十几载，
> 频传书信百余封。

光耀族人名贤谱，
更望后昆越前英。

2014 年 6 月

飘香的窗语

　　小清河畔建起了一座崭新的中专校园——小清河师范。乳白色的教学楼在艳阳的照耀下，闪着洁白的亮光，校园宽敞明丽，周边环境幽雅清洁，交通四通八达，一股崭新的气息渗透在校园的角角落落，不可言传的新、清、美流淌着，一直流淌进每个师生的心里。

　　乔迁新校前，大学毕业的白雅丽正好分配到学校任校医。医务室坐落在校园东北角。袁子骝老师是20世纪50年代的大学生，袁静是袁子骝老师的千金。袁静读大三，又爱好写诗、写小说，所以她向父亲提议选择公寓时要在西北的一隅，那里清幽静谧，可以悠闲地看书写文章。因她的想法，袁老师作为德高望重的老教师，请求校领导把他们家分在西北角，领导也毫不犹豫地答应了。

　　袁静不喜热闹场面，一般大门不出二门不迈，已在省级文学刊物发表两篇短篇小说了，其中《小清河滩足迹》荣获了一等奖，最近她准备构思第三篇短篇小说。近日她将窗户关闭，用毛头纸糊得不留一丝缝隙，像是与外界隔绝一样，妈妈问为什么，她摇摇头不作答。

新校园里新鲜事一桩接一桩。有位50多岁的任老师要结婚，校内老师们都替他高兴，对他表示祝贺，袁静妈妈也说："静儿，你也去帮忙吧，任老师还帮你补习过英语。"她回答道："没工夫，我在酝酿短篇小说。"袁静心不在焉地走进自己的房间，潜心构思她的第三篇短篇小说。

任老师早先在一所省级林业学校任教，因业余写的诗有不当言论，他离开讲台，只在校内干些扫地搬运的杂活，后来又恢复原职。即使原来的妻子与他离婚，任老师也一直任劳任怨、随遇而安。任老师在校内是公认的热心肠，也是袁静心目中最崇拜的老师。

那晚皎洁的月光洒满校园，袁静正在构思她的短篇小说，一时找不到理想的题材，准备去任老师那里与他探讨。当走到离任老师窗前不远的地方，一股浓烈的花香弥漫开来，袁静想，一定是任老师窗下的花开了。她走到近前，用鼻子闻了闻："好香！好香！"突然，她停住了，任老师的室内有两个人影，似乎在窃窃私语。一个人影移到窗前，能清晰地看到是一个漂亮的女人，长发披肩，正向任老师凑近。袁静发现这位美女眉间有颗美丽的圆痣。"这么晚了，还赶过来。"似乎是任老师的声音，袁静屏住呼吸静静地听着，美女的声音飘出："不来咋行，心里牵挂着，才第五次呀。"他俩在干什么？一种不祥的预感在袁静心里泛起。

这一晚的所见，让袁静心目中的偶像立马变成了"披着羊皮的狼"，她的第三篇短篇小说也有了题材。

任老师的新婚日期到了，高朋满座，在拥挤热闹的婚礼现场，袁静忽然看到那个"圆痣美女"。不知谁喊了一句"请新娘新郎讲话"，任老师便充满感情地说了起来："今天，除感谢党的温暖外，还要特别感谢新来的白雅丽医生，她以精湛的医术治好了我的顽固性关节肿痛，每晚一针灸，每日两次为我热心熬服中草药。特别是第五夜，她母亲病了，还坚持赶来，让我十分感激。"

　　一种强烈的内疚在袁静心里涌起……

　　"现在我和老伴举杯敬白医生一杯！"任老师和老伴举杯来到白医生跟前，神色凝重，眼中盈满了泪水……

　　干杯！觥筹交错，透明的玻璃杯中闪动着晶莹的光。袁静悄悄地走了，她要回到自己的房间重新构思她的第三篇短篇小说。

2022 年 5 月 10 日

桃花者，美人血色也

——读青年作家王玉艳《桃花一枝倾城开》有感

王玉艳是广饶有名的才女作家，她能歌善舞，也会赋诗作词，是活跃在广饶文坛的"文化达人"。她的散文《桃花一枝倾城开》写得精彩动人，意境浪漫开阔，用饱满笔墨把花的海洋点缀，用斑斓彩笔把花的世界涂抹，用炽烈的情感与花对话，使人沉浸在花的怀抱，饱览花的鲜丽和清香。欣赏一篇优美的抒情散文犹如品尝一瓶香醇的琼浆玉液，令人陶醉不已，从而达到洗涤精神的目的。作者的文字叫人徜徉在花的海洋，在明丽阳光的照射下纵情地释放斑斓炫彩的生命欢歌，恣意欣赏花的容貌。文章展示花的风韵，展现花的风骨，显示花的风采，唤醒人们热爱生活、向往自然，愉悦人们的灵魂，鼓励大家追逐梦想，让人对美好未来充满了憧憬和追求。

全篇从文笔到格调都彰显着不凡的气韵，每次拜读玉艳的作品，我都能发现新的亮点并有新的感受。首先，作品情感饱满、炽烈、真挚、细腻，用真情写出来的文章是富有魅力和独具风格的，起码不显得苍白无力，不落俗套。语言的锤炼是写好文章的关键，对语言的掌握是决定作者能否驾驭文章的重要因素；语言的精炼程度能反映出一个作家的水准；历史常识和典故的运用更增添了文章的光彩，同时也是深化主题的材料。这些王玉艳都做得非常好。细细拜读《桃花一枝倾城开》，又勾起了我一系列的深层思考：桃花一枝，年年盛开，尽管随着心境的变化，人们赏桃花的心情不同，但穿越千年，桃花依然盛开。唐代诗人写桃花的诗篇很多，如李白的"桃花流水窅然去，别有天地非人间"，李贺的"况是青春日将暮，桃花乱落如红雨"，刘禹锡《玄都观桃花》中的"玄都观里桃千树，尽是刘郎去后栽"，白居易的"人间四月芳菲尽，山寺桃花始盛开"，崔护的"人面不知何处去，桃花依旧笑春风"，杜甫的"桃花一簇开无主，可爱深红爱浅红"，王维的"雨中草色绿堪染，水上桃花红欲燃"和"桃红复含宿雨，柳绿更带朝烟"。宋代诗人也有不少写桃花的诗篇，如刘次庄的"桃花雨过碎红飞，半逐溪流半染泥"，徐照的"一树桃花发，桃花即是君"，李复的"红尘拂面人来看，只有灵云放眼开"等，不一而足。较早写桃花的是晋代陶渊明的《桃花源记》及附诗，陶公赞美了桃花的艳丽缤纷，歌颂春天的清丽景光，虚构了一个脱离社会现实的世外桃源，让桃花源成为历朝历代文人墨客向往的理想之地。历代关于桃花的作品中，有许多反映人物命运和社会现实的诗作。如林黛玉的桃花诗，悲情忧伤，黛玉面对飘落的桃花闷闷不乐，潸然泪下，道出了命运的哀音。清代孔尚任的《桃花扇》是写命运的名篇，也可说拥有最典型的悲情结局。侯朝宗的桃花运由此唱衰，李香君的爱情梦由此幻灭，一代复社领袖的政治命运也因此画上了句号，以"儿女浓情一笔销，桃花扇底送南朝。扯碎扯碎一条条，再一番鲜血满扇开红桃"而终结。玉艳文中提到的崔护的桃花诗令人感慨遗憾。倾国倾城的绝代佳人息夫人的悲剧，道出了一代皇后的凄楚悲凉。张爱玲的桃花梦也随着胡兰成的移情别恋而收场。杨贵妃的"桃花皇后梦"也没走多远，终因安史之乱落下，成了一首千古绝唱的《长恨歌》。每首诗的背后都隐藏着一个个凄美的绝恋，玉艳在文中阐述得深刻独到。

《桃花一枝倾城开》把春天"桃之夭夭，灼灼其华"的景致写活了，高度赞美了桃花缤纷多姿的浓艳，以浓墨重彩表现了桃花娇艳妖娆的朱颜，同时警示人们警惕"桃花运"带来的"劫难"，给人们以深刻的反思：桃花虽美，历朝历代的文人墨客、帝王将相，常因贪恋美色而带来灾难和厄运。桃花者，美人血色也，寄言立身者，慎防桃花劫。

原载 2023 年《青年文学家》第 3 期

观后感两则

读刘建华老师
《你把春天紫翻了天——解语二月兰》有感

因忙于搜集整理《广饶科举人物》资料,迟赏雅文。我在"乡韵乡情"平台上拜读过刘老师的多篇优秀散文,也经常赏读她每天的随笔日记,前几天刚领略了《独领千古风骚——解语梅花》的风韵,近日又见识了她《你把春天紫翻了天——解语二月兰》的风采。刘老师的文章,字里行间渗透着文人气息、知性才情。从她的作品中,我感受到她是一位热爱生活的人,一位事业的奋斗者,一位在赛场上的拼搏者。文字背后的思想、哲理、情感暂且不谈,其作品风格及人品是旷达、高洁、大度、潇洒、磊落的!文章可佐证!如在《独领千古风骚——解语梅花》中,她赞美了梅花傲寒高洁的气韵品格,表达出她像陆游那样嗜梅如痴,喜欢梅花的矜持、内敛,更怀有宋代林和靖梅妻鹤子的情怀。她将梅列为四君子之首，最崇尚的是梅花的"遗世独立，一枝独秀，超然物外，千古风骚"，同时也与富贵妖冶、缺少风骨的桃花作了对比。陆游也有"生平不喜凡桃李，看了梅花睡过春"的类似诗句。今又读《你把春天紫翻了天——解语二月兰》。二月兰与梅花有很多相似之处，却没有像梅花那样得到"独领千古风骚"的美誉，它是再朴实不过的平平淡淡普普通通的一种乡野间无处不生的紫色小花。它有紫翻春天的能量，它开得浓郁、劲狂，它紫得充沛、浪漫，无边春色紫翻天！这使我敬佩刘老师的选材慧眼。刘老师以其清丽优雅的文字，充满深情的笔墨，抒写了内心对二月兰由衷的赞叹。刘老师的确有深厚的文化底蕴和文学素养，也有驾驭文字的非凡能力！

二月兰不娇贵，朴实无华，不择环境，随遇而安，不与梅花争春，不与牡丹争宠，不与百花争艳，不与名贵争雄。清清淡淡，平平凡凡，优雅地遍地盛开，紫翻春天！

这哪里是散文？分明是一首赞美春天的歌唱！是颂扬春天的烂漫的抒情诗！是赞美春花如海的妙章乐曲！是描绘出紫色烟海的多姿的水彩画！是细品紫色魅力的精神盛宴！是讴歌引领万紫千红百花齐放的报春天使！是歌颂弱小自强不息的经典范例！是赞美高洁的化身！是寄身平凡、寓意低调纯粹的精神寄托！感佩刘老师对二月兰的情有独钟！感佩刘老师的朴实无华！更感佩刘老师的斐然文采！盛赞劲赏《你把春天紫翻了天——解语二月兰》！

读张桂珍老师《读你千遍不厌倦》有感

　　真切感受到诗般的语言向我袭来，文意流畅，言辞优美，情感炽烈，那种对海洋风情和海洋文化极端钟情的真挚彰显在诗一般的语言里，让读者感受海洋风情馆的霓虹的妙丽和迷幻的神奇，可见其语言的感染力和魅力。张老师是一位勤勉的多产作家，经常写文章写到深夜，在她的精神世界里有无穷无尽斑斓炫彩的故事：童年时期的记忆，少女时代的艰辛，大学时期的成熟，教师生涯的勤勉，党校工作的繁忙，行政工作的严谨。张老师是一位情感丰富、热爱生活的性情文人，她的文章中蕴含着无限的"正能量"，的确"读你千遍不厌倦"。

2017 年 6 月 3 日

但愿百花飘香

　　我的第三本诗集《百花赋》付梓在即，想写点文字放在后记里，一时竟无话可写。但思来想去，总要抒发点对诗集的感想，对花的赞颂，以表达对诗集出版的快意，毕竟这是一段时期的生活感悟。诗集《百花赋》是我退休后在家赋闲时创作的。老家有两个多年不居的院落，杂草丛生，灌木疯长。我决定把荒芜的院落开垦出来，种植上自己喜欢的各色花卉。与其说是种植花草，倒不如说是种植情感，目的是给自己创造一片幽静的乐园，把长期以来自己喜欢的田园风光搬进家，营造一个文人隐士的生活氛围。虽然没有林和靖"植梅放鹤"的隐逸消遣和高洁情怀，却也给自己长期以来因工作而烦乱不宁的心找个栖息地。东西两院成了我的"三味书屋"和"百草园"，东院种植花卉，放养金鱼，西院林果飘香，蔬菜青青，俨然陶潜笔下"屋舍俨然，有良田美池桑竹之属"的世外桃源。我的乐园似乎是古代诗人笔下吟咏的田园风韵浓烈的诗苑，正好是适于我栖息的静谧世界。在这里，我阅读了大量古今中外的名著，弥补了因长期工作繁忙没时间阅读经典名著的缺憾。树下写诗作赋，摇扇纳凉，饮茶品茗，吟诗遣兴，渐渐地诗作集腋成裘，便催生了这部诗集。

诗集面世，写什么好呢？正是暮春时节，这时的我恹恹欲睡，运笔不畅，灵感匮乏。窗外的蔷薇花盛开了，纷繁明媚，纯净淡雅，花色俏丽，美得无声无息，让人倾慕不已。忽然宋代秦观"有情芍药含春泪，无力蔷薇卧晓枝"的诗句从脑中跳出来，思忖片刻，诗人方回的"蔷薇红透更精神"也浮现出来，这句写的显然是夜雨过后的花朵姿态，太灵动鲜活了，有一片明媚的氛围，又有幽情愁绪浮现心头。一枚枚娇小无瑕的花朵，一簇簇繁盛在枝头，一夜之间满树妖娆，香浸寒舍，给了我多少灵感和慰藉。内退时我50多岁了，在这知天命的年纪，清心寡欲，淡泊如水，小窗外这特有的热情诱惑竟使我有愧于自己爱的吝啬。这火红热烈的蔷薇，于空蒙的清晨，于寂寥的黄昏，给我几许莫名的欣喜。沉默时，立花前，独享人生的美好，品尝人生的艰辛，漫忆甘苦的过往；开心时，与花对语交心，心与花儿一样甜。如果偶有所得，便是对悠悠岁月的一些感悟与所思，浅酌短吟，略加润色，就是我这几年富有诗情的篇章。我用心抒写的《百花赋》，刊发在《黄河口诗苑》等刊物上，一时间竟引来很多诗人的评赏。窗外的蔷薇很快成长为一株旺盛的小树，已高过我的窗口，花枝繁茂，英姿勃发，香飘满院。清夜扪心自省，我便产生了一种新奇的渴望，欲将生活中的美融入爱的诗篇中，把诗意的人生、情感的经历集册付梓，馈赠给爱我的人和我爱的人。但愿淡淡的清香，飘向天涯海角……

花的尽情绽放，也如人的诗情抒发，是一种情愫的回放，一种淡然从容的彰显，一种徜徉在美的状态中的自然流露，一种倾慕天然的炽烈之爱，一种精神满足的奔放，一种内在情感起伏的迸发。人生一世，草木一秋，有人看得分外消极，殊不知，草木的一春，充满了烈火般的无限生机，充满了自然的爱和美。

人生短暂，只要有一颗爱心，就是一幅芬芳永恒的美丽图景，而失去爱的人生，纵有荣华富贵，高官厚禄，终是绸纸编织的假花。

如果从我的这些短诗里，能感受到些许的暖意和抚慰，或浅或深，都算是我文字的知音，也是我执着追求的价值所在。

诗友间有一种缘分、理解、珍惜。

诗思是一种淡泊、悠远、旷达。

2022 年 5 月 10 日

第二辑
风情放歌

感恩迷人的风景，赋予
了文笔翅膀，每处风情
都为作家注入了经典的
符号

黄河的黄昏

晚饭后，我漫步在黄河边。

堤上的行人已稀少，堤岸两边是伟岸的白杨，白杨枝叶在灰色夜幕的映衬下已变成了黑绿色。向西远望，天的尽头微微透着点红润，晚风拂过河面，轻轻地抚摸着人们的脸颊，带着初夏的温柔。我俯视河面，顿时心旷神怡。河面摆渡的船只带着一天的疲倦已入港休息，河对岸渡口的灯光射入河中，形成一道道光柱，直插水底，像是东海龙宫的"定海神针"在庇佑着黄河，给予黄河此时的宁静，大有"渔火对愁眠"的韵味。近岸的河面上，荡漾着粼粼金波，浑浊的河水似乎变得分外澄清起来。

河滩的层层浪迹是黄河恣肆汪洋、奔腾不息的脚步，岸畔古老的船只残骸记录着黄河的履历。黄河载着五千年的人类文明流淌到了今天，给今日的黄河三角洲蒙上神秘的面纱。我徜徉在黄河岸边，看河水滔滔入海，品味历史的变迁，吟"黄河之水天上来"的诗句，慨叹人生之苦短，抒发荡胸之豪情……此时此刻，我竟忘记了世上的聒噪，享受着这片刻的宁静。

金色的河面映出两个少年的身影，他们并肩坐着，把脚伸入河里，还不时亲昵地拍打河水，水波荡漾开来……不远的堤上立着两个少女，神情专注地望着对岸，灰色的天幕衬着她们那轮廓不甚分明的倒影，为黄河的黄昏抹上了亮丽的一笔。

黄河的黄昏，美哉！

此刻的我凝思远望，黄河的滔滔波浪伴随着虔诚的游子荡进我的脑海，荡起我心中的涟漪……

原载 2021 年 4 月《新世纪大爱文学作品精选》散文卷

泰山行

旅游车在平坦的公路上向着泰山方向疾驰……

为了看日出，我们定好晚上登山。下车后，夜幕已降临，我挎上背包，斜背水壶，跟着年轻人，从岱宗坊出发了。夜，黑沉沉的，深邃的天空缀满了大大小小的星星，回头望泰安城，万盏灯火与天上的群星相辉映，使天地间浑然一体。登山路上，店铺摊点，林林总总，热热闹闹，犹如郭沫若笔下的《天上的街市》。远处游人手电筒的光，星星点点，疏疏落落，像一颗颗缀在丝带上的夜光珠从遥远的星空垂下，为登山者平添恍若登天的感觉，又仿佛置身于儿时的梦境。面对高耸入云的泰山，勇者奋力攀登，一举到顶，弱者仰天长叹，望峰息步。登泰山对每位游客来说，确实是一次意志的考验、体力的锻炼，但也是精神的享受，只有勇者才能获得无限的乐趣。特别是临近南天门的十八盘一段，双侧层峦叠嶂，陡峭险峻，盘道犹如一架倒挂的天梯，令人望而生畏，心惊胆战。石阶的宽度只有几米，旁边就是万丈深渊，一旦失足，定将粉身碎骨。好在两侧长满了繁草茂木，又加上夜深光线不足，模糊了游人的视野，不让人感到可怕。登泰山十八盘是最艰难的一段，很多旅客面对"高路入云端"的十八盘，便偃旗息鼓了。爬到此处时，疲惫不堪的我渗出了汗珠，一件背心湿透了，心脏跳动得发颤，军用水壶的泉水全倒进了肚子里。为了不误观日出，大家彼此鼓励着，一鼓作气登上了南天门。同事们夸我勇气不减当年，我心里乐滋滋的，充满了胜利的喜悦。

我们顾不得休息，穿过大街，直达日观峰。此时的日观峰，已成了人的海洋，数以千计的人伫立在那里，目不转睛地凝望着东方，生怕错过那辉煌的一刻。山涧云海茫茫，缥缥缈缈，过了五六分钟，早霞渐渐变深变浓，在那水天融为一体的苍茫远方，一轮红得耀眼的太阳冉冉升腾起来，若不是淡云遮日，那旭日将喷薄而出，蹦出海面，那就更为奇妙壮观了。尽管日出的景观稍有逊色，人们还是欢呼雀跃，一架架照相机对准太阳升起的方向，"咔嚓咔嚓"地按动快门。

首次登泰山看到日出，真乃人生一大快事。我站在日观峰向西望去，玉皇顶、青帝宫、碧霞祠、神憩宾馆、山峰、树木等全都罩上了一层金晃晃的霞光，还有淡淡的乳白色的炊烟和那在山林中飘荡的薄纱似的晨雾，也都镀上了金晃晃的颜色，好像一匹匹色彩鲜艳的绸缎，在山林与古建筑群间飘拂。古老的庙宇与现代化的宾馆，都沉浸在袅袅炊烟和薄薄的晨雾之中，朦朦胧胧，似真似幻，我仿佛置身于山中的蓬莱仙境，忘记了眼前这幅带有神奇色彩的画面，竟是在泰山之巅。

登泰山途中，最引人注目的是赤着脚、穿着短裤的泰山挑夫。他们每天挑货不止，肩挑足有百斤重的货艰难地攀登。肩上隆起了大包磨起了厚茧，如雨的汗水从黝黑的背上滴落在泰山的级级石阶上，他们以挑担为职业，长年累月，披星戴月，我真为他们这种吃苦耐劳的毅力所感动。啊，挑夫，泰山的挑夫，你是伟大的，勤劳的！泰山的层层石阶有你的足迹，泰山上的座座建筑，饭馆的美味佳肴，哪一样不饱含着你的艰辛。挑夫是泰山的脊梁，世世代代的挑夫为建设泰山所做的贡献是无法估量的。

原载 2000 年 4 月 26 日《东营日报》副刊

广饶春天赋

冬去春来，大地回暖，冰消雪融，溪水潺潺，万物萌动，气象万千。处处清荣温馨，春天脚步姗姗。迎春花萌发唤春早，梅花吐蕊不争艳。二月春风三月花，春花娇红醉芳园，嫩柳鹅黄绿丝绦，桃艳氤氲霞流丹，春色春声共春泽，无限春意透江山。东风不嫌，荒山野岭。酥雨尽染，万里良田。广饶大地，草绿含烟，乱花迷眼。乐安故国，杨柳泛青，千红斗妍。渤海之滨，芳菲翻浪，红紫映天。鲁北田野，大地吐翠，麦畦如毡……

若夫，蓝天白云下，风烟俱净，春意盎然。风筝轻盈拂天，秋千荡起春情。红杏绿池边，幼鸭戏水，杏粉花繁。蜂飞蝶舞闹天，万艳着装堪羡。桃李竞芳游人多，樱花海棠红透天。莺歌燕舞东风软，布谷催耕声声连。杏花村里，颜面红酡。桃花源里，娇媚如仙。谁家女子立花间，似与桃花赛娇面。谁家美眉小杏眼，秋波玉澄情愫传。月淡梨花，雪色牡丹，染香君之春衫。风骚海棠，才情月季，织易安之珠帘。魏紫姚黄，醉妃牡丹，凝太真之玉妍。鲜丽芍药，殷红蔷薇，聚湘云之醉颜。兰芳蕙馨，蓼汀花鲜，蘅芷清芬，红香绿蔓。柳烟霏兮北渚，草萋芊兮南岗。万象争晖，凝淑争艳。

余或为逸者？徜徉于公园花苑，漫步于花径池畔，乐憩于假山飞瀑间，或踏青于郊园，或信马于碧野，引修篁于石畔，寻野花于丛间，挽柳丝而陶醉，抱明月而酣眠，放长歌于旷野，舒广袖于梨园，挥毫于牍案，丹青于画板，交隐士于菊樊，会骚人于竹泉……似入警幻仙源。林林总总，无不让人，放怀春景，心旷神远。

小清河南北，天空湛蓝，白云绕天。碧绿一片，水龙浇灌。清水碧黛，静澄如练。机器轰鸣，播种田间。乐安公园东西，云淡风轻，万花争艳。风晨月夕，红缤拂天。街衢花坛，红深绿浅。姹紫嫣红，争笑春天。水渺渺，柳依依，画舫载春，孙武湖边。游艇纵横，诗意增添。森林木屋，情致蕴含。老太舞，髯须剑，广场秧歌，扭得正欢。瑞霭蒸腾，情思无限。骄杨隐隐，松柏苍苍。鸿鹄展翼，扶摇雄飞，志凌霄汉。草丛萋芊，蒹葭遮天。炊烟溪桥，渔歌唱帆。竹泉喧泻，飞瀑悬天。鹰击长空，翱翔苍穹，傲视宇寰。大地妖娆，人心萌然，美景锦簇，乱花渐欲，娇媚飘姿，富丽璀璨。绿如翡翠，浓紫似烟，素者似雪，红者若丹。春深似海赛江北，杏花春雨醉江南。文人骚客纷至，题诗留篇。摄影之师踏来，镜头连连。漫步其境，景色撩魂，丽人悦眼。

喜看广饶大地，馨风和畅，霏雨绵绵，花红千树，勃勃生机，迷人春景，一片灿然。谛听孙武湖畔，热闹非凡，琴声悠扬，吕剧管弦，歌舞翩翩，齐奏生平，弘扬主旋律。春潮激励，勃发雄心，春风骀荡，捷报频传。春雨春泽润春田，春雷催动凯歌还。春之娇欺丹青，春之韵谱诗篇。春光如画犹如广饶美好的明天，广饶乃经济百强县，工农腾飞，稳步向前。拼搏进取，同舟扬帆。凝聚共识，转型升级，发展态势一路领先。春潮涌动犹如广饶的经济腾飞发展，广饶乃生态文明县，秀美宜居，业乐居安。生态城乡，楼林耸天。街衢整洁，欧派风范。携手共建幸福家园。满目春韵花似锦，喜看大鹏搏云天。莫失春光负韶华，改革路上再领先。且要垦沃土引清泉，播希冀撒期盼，种宏愿承诺言，植诚信树风范，栽理想育信念，展绣春之绝技，谱春新之鸿篇。

步入广饶，感受春天。前景广阔，活力无限。满怀期盼，坚强信念，干事创业，梦想方能实现。改革潮中，偶遇料峭春寒，实属必然，认准市场，调整结构，转变方式。开创奋进"十三五"，献礼两个"一百年"。乘风破浪，再创佳篇。

待来年，广饶前景，欣欣向荣，热火朝天。农业上档，工业翻番，蒸蒸日上，快马加鞭。豪气凌云，气宇轩昂。仰天长啸，重塑河山。一片辉煌灿烂。

原载 2016 年《黄河口诗苑》夏卷

卡伦湖的春天

　　早春二月，祖国北疆边陲已不再是冰封千里的雪国了。房檐下的冰锥已由透明变为乳白，而且冰梢不断有水珠滴落。阳坡里的雪不再晶莹、剔透，踏上去已是软绵绵的春雪了。

　　漫山遍野，一片寂静，几株迎春花、红梅凌霜傲寒，悄然绽放了，一缕淡淡的香气弥漫开来。迎春花是春天美丽的使者，红梅是春寒料峭中的铮铮铁骨。

　　君不见林海深处厚重的雪线下，那广袤的原始森林山麓里，仍有颗颗鲜红的北国红豆；君不见雪压霜欺中仍有那临风绽放的雪国梅。正是它们以顽强的生命迎接春天的到来，"储足余劲花先发，唤醒百卉不争春"，与其说是对雪国梅的礼赞，毋宁说是对其信念和追求的歌颂和景仰！

　　早春二月，江南已是莺飞燕舞。花红草长的时节，北宋文学家王安石曾发出"春风又绿江南岸"的千古绝唱，可在北方，春姑娘却姗姗来迟。她将化作一缕柔风，将泥土下的小草轻轻唤醒，那纤嫩的黄草芽会从一簇簇枯败的草丛里拱出地面，睁开一双好奇的眼睛，望着春意升腾的大千世界，很快就一株、两株、十株、百株……成千上万的小草携起手来，竟也组成一幅宽大无边的绿毯，于是这绿毯上渐渐地有了些无名的春花，鹅黄、粉白、靛蓝、淡紫，星星点点，像一颗颗珍珠点缀着绿毯，向着太阳微笑。欢聚在卡伦湖畔，远处的山麓边杏花沾雨欲湿，桃花殷红欲滴，柳丝飘拂迎春，处处充斥着无限生机，卡伦湖的春天终于来临了。

在这春风拂面的日子里，节庆气氛越来越浓，我沐浴着暖暖春阳，吞吐着浩浩熏风，吸吮着草原的晨露，拥抱着姹紫嫣红的花。在我的怀里，分明是一片青青的芳草地，一湾明丽的卡伦湖，一方瓦蓝瓦蓝的天空，一脉绿油油的山冈。我拥抱它们，也就拥抱了卡伦湖的春天！

踏上春天的征程，任重道远。啊！春天是一首和谐乐曲，春天是田园交响诗，带着无限希冀。在春天里，铭记《卡伦湖文学》的使命，饱蘸才情笔墨，写出《卡伦湖文学》最新最美的辉煌篇章！

2019 年春

桃花赋

　　春寒料峭，乍暖还寒。有幸去桃花谷旅游，正值桃花绽放，置身其中，流霞绯红，令人销魂。密密的枝丫上好像挂满了粉色微红的小灯笼，串串花苞珍珠似的晶莹闪烁。它虽然不像桃花盛开时那样艳丽，却也美得清新迷人，蕴含着怒放的希冀，稚嫩娇小而又生机盎然，给人以美的向往。所以，常有人折一枝拿回家，插进瓶中。不久，它便灿烂开放，报主人一个妩媚笑靥。桃花初绽是白色的，如脂如蜡如雪，像少女的面庞，是那么娇嫩、水灵、晶莹、透亮。这时的桃林是个冰清玉洁的世界，一片明丽。

　　春日载阳，微风和畅。勤劳的蜜蜂在花丛间边歌边舞，协助春风传粉。怒放的花朵授粉后，从花蕊中透出绯红，就像纯情的少女在雪白的脸上搽上胭脂，两日不见便含情脉脉。这时桃花最艳最红，桃林也最美。一团团，一簇簇，花团锦簇；一枝枝，一束束，满树红花；似赤日高照落九天，又如山火燎燃鸳鸯缎，此景只应天上有，凡人能得几回闻。如果徜徉在林间树下，就像在画中漫游，会由衷地发出"春深似海"的感叹，再遇上柳絮漫天飞舞，还会出现"夕阳返照桃花渡，柳絮飞来片片红"的景观。

由桃花自然联想到陶渊明笔下的桃花源。陶公笔下的桃花源固然好，落英缤纷，流光溢彩，那只是理想中的乌托邦，现实生活中很难找到。孔尚任的《桃花扇》颂扬的虽是民族气节，却掺杂着各种形态的才子佳人，无非是作者主宰的一方红尘闹剧。《红楼梦》中林黛玉笔下的桃花更是另一番殊景，不过是"桃花带雨浓"的闲情愁绪，自诩为"命薄如桃花"的浓烈抒情罢了。

桃花就是桃花，是自然界的一种植物。我眼前如霞似火的桃花林映红了半边天，正在和煦的春风中摇曳，就像一柄大型火炬。教师像是火炬，点燃了自己，照亮了别人。于是，人们在颂扬教师的奉献精神时，未免流露出几许伤感失落的情绪。但知识火炬从前辈手中接来，高擎它，传递给下一代时，它会一直像面前的桃花一样火红、灿烂、辉煌。

待到绿叶满枝头，桃花便乱落如红雨，化作春泥更护花——桃花凋零了，然而大地留下了它的果实。这样的失落难道不是辉煌的失落吗？

原载 2015 年 5 月《广饶教育》

天龙红木赋

　　戊戌之秋，天高湛蓝，红枫殷烈，硕果累累。《西部散文》山东分会成立，人才济济，群英荟萃，云集于麻大湖畔。贺电贺信，贵客嘉宾，热烈志禧，相继欢呼，大会盛况隆重空前！

　　翌日，畅游麻大湖，走访凤凰栖息处，驻足胜地，瞻仰千年古槐，诗人骚客，纵谈古今，激扬文字，求古探幽，留念合影，赞叹不已。当地作家协会主席既当游客，又当导游，逢景点古迹，娓娓道来，传说典故，名流先哲，如数家珍，众客获悉明晓，点头赞誉。不觉近午，随同旅游车进入天龙红木集团。

　　天龙红木乃博兴鼎冠企业，步入大院，宽敞豪华，火红热烈。企业文化，以人为本，管理一流。展厅内气派辉煌，祥云骤起，瑞霞升腾，档次精尖，红紫相间，风格独特，花样各异，众贤墨宝，处处可见，目光所及，红木遍地，样样高端，因而有身心双润，清心明智之感。引领时尚，唱响东方，可谓"红木的天堂，天龙的家园"。

红木汲取日月之精华，山水之灵气，终成深厚古朴之纹络，温润典雅之色泽，袭人扑鼻之浓郁，沉重细腻之触感。绮丽而不妖魔，古典沉稳，纹理厚实，色泽幽雅，尊贵气派，凝聚做工之匠心，设计之灵魂，雕刻之格调，制作之精湛，艺术之高雅。

天龙高总佃光者，红木领头雁也。厚道传家，引领员工创业，打造名标品牌，精标准，上档次，一身垂范，勤政企业，管理一流。少时沐熏高家家训，铸就德厚，泽被风骨，北墙高悬"高家人，做好事，祭祖典，莫忘根"之家训。家训熏沐着家风，祖光沐浴着厚德，孝悌浸润着良知，传百世芬芳！

高总佃光，少年学艺，苦楚难言，血汗常伴归宿，集淳朴勤劳于体魄，融善良智慧于灵魂；胸怀豪义，不卑不亢，尚义尚诚，商潮汹涌兮中流击水，功业峥嵘兮一路高歌。路漫漫兮探求不已，红木之旅，强者创业，执着不息，终成大业，书写了红木新史。

今日天龙，蓝图熠熠，气象蒸腾，改革正竞流而上，发展正顺势而强。"天龙"品牌似骄龙升腾，扶摇直上，直奔苍穹！

美哉，天龙红木！天之骄子，高端极品。件件超群，每每一流。驰名中外，扬名四海。诚信入万家！

原载 2021 年 10 月《全国乡情散文作品选》

游蒲松龄故居

前些日子，我们文友四人约好一起去探访蒲松龄故居，文友一大早就驾车顺路接人，一路南下。

路上闲谈说笑，车内气氛和谐。沿途风景从车窗外快速向后退去，70多公里的路程充满着欢声笑语。一个多小时后，小车缓缓驶进聊斋城的蒲家庄大牌坊，向东走1公里，就是蒲松龄故居。

将车停稳，我们随着熙熙攘攘的人群，来到一个旧式的大门楼前。整齐方正的青石根基上，青砖白灰条结构。陈旧残破的墙面，彰显着古老斑驳的痕迹。偌大的横梁上，中间凹进去的地方，隐约可以看出"聊斋"两个大字，苍劲有力。风雨无情地侵蚀留下的印迹，见证了沧桑久远的岁月。步入"聊斋"牌坊，窄窄的小巷一直延伸到深处。脚下是大小不规则的青石板铺成的路面，路表光滑明亮，不知承载了多少古今游人的足迹。两旁的居户，相隔不远就挂一块牌子，上书"蒲松龄第十二代孙"，或"蒲松龄第十三代孙"，向蒲老先生套着嫡亲的"近乎"。屋内摆放着古玩、字画，以及陶瓷或玻璃制成的各种姿势的狐狸摆件，还有形态各异的皮毛制成的狐狸，都惟妙惟肖。小巷的地势倾斜，越走越低，大约经过200米，有一个不算大的开阔地，地势平坦。开阔地的西北角，有一座重檐的古式门楼，青砖碧瓦，上书郭沫若题词的"蒲松龄故居"。门前穿着各异的男女，南腔北调，来自全国各地，不断有人拍照留念。路口摆了许多小摊，净卖些漂亮的玩具狐狸或一些玻璃的纪念品。摊主不断地吆喝招揽游客："买套连环画吧，聊斋故事连环画，挺好看的，还可以做个留念。"多数人不理睬，他们还是不断地重复着，脸上挂着期待的笑容。门楼的进深约有4米，影壁前是一尊蒲老先生的汉白玉头像，黑花岗岩底座，1米多高，上面刻了蒲老先生的生卒年月。我们四人各自和"蒲老先生"合了影。

拐进门楼的六棱门，是一个100平方米的院子，对面是一个对称的六棱门，上面长满了茂盛的爬山虎，以致游人要低头才能过去。院子的中央有一个水池，里面养了十几尾红色的金鱼，似乎从柳泉缓缓游来。鱼池的四周砌了很好看的花墙，上面摆放着十几盆迎春花盆景，虽然花已尽，叶子还算绿意葱茏。院子的西面三间、北面五间草房，因是后期重新修补的，只沾了一点古风。北房的窗下，种了一些茂盛的竹，间杂着几棵宝塔形状的雪松，高过屋檐。一尊蒲松龄全身石像，5米多高，掩映在竹松之间，显得高大醒目。蒲老先生神采奕奕，但眉宇间又微露着悲愤。我们看着蒲老先生栩栩如生的石像，在短短的遐想和谈论后，取出相机，按动快门。

展厅里，游人们谈论的是关于蒲老先生生前的一些事情，墙上的图片和注解展示着蒲老先生坎坷的人生，玻璃柜中是蒲老先生毕生辉煌的文化成果和后人享之不尽的历史遗产。导游介绍得非常详细：蒲松龄，1640年生于淄博淄川洪山镇蒲家庄，字留仙，又字剑晨，号柳泉，世称聊斋先生，自称异史氏。19岁应考童子试，接连考取县、府、道三个第一，名震一时，补博士弟子员。以后屡试不第，直至71岁才成岁贡生。其间，他应宝应知县孙蕙之邀做幕宾一年，40岁后又去本县西铺村毕际友家做塾师，其间笔耕不辍达30年，至1715年正月二十二日依窗危坐而卒。他创作出的短篇巨著《聊斋志异》，被誉为我国古代成就最高的文言短篇小说。

穿过竹影半映半掩的六棱门，右拐，是一条50米长的香径花廊，廊架上青青的葡萄茎蔓，已经遮住了炎热的太阳。阳光细细地挤过来，斑驳的影子投在廊下的石桌石凳上，空气中弥散着清新的气息。花廊的尽头，左右各一个庭院，绿意茵茵，春意盎然。右边是聊斋，是蒲老先生生活的地方，正房三间，堂内悬挂着江南著名画家朱祥麟为蒲松龄画的唯一的画像，两边是郭沫若先生的亲笔题词："写鬼写妖高人一等，刺贪刺虐入骨三分。"下面的茶几、桌椅已经很古旧，似乎能够嗅到浓重的古老气息。简易的书柜、窗下的写字桌都已经陈旧到不见一点棱角，窗棂扣得很密，显得屋里阴暗。我幻想着蒲老先生当初就是在这张桌子上，点着一盏昏暗的菜油灯，创作出了举世瞩目的巨著。东边是一间隔断，是蒲老的寝室，里面有一张古式的棕绳床，床上的被子已破旧不堪，辨认不出是什么颜色。旁边有一书橱，在简单的博古架的隔板上，陈列着几摞厚厚的老书，分明已经布满了灰尘。看到如此简陋的房间，我鼻子一阵酸楚，偷偷地抹了两把泪。

东屋里摆放着被译成20多种语言的《聊斋志异》以及《聊斋

志异》的连环画和俚曲《姊妹易嫁》《墙头记》中的精彩图画。西屋里摆放着 30 多个版本的《聊斋志异》及《白话聊斋》，还有《农桑经》《药案全书》等，也有大文豪沈雁冰以及很多著名作家撰写的关于研究、探讨、鉴赏、评价《聊斋志异》的著作。不少书中记录了蒲松龄跌宕坎坷的一生和他疾恶如仇、同情民疾的高尚品质。看到这里，同去的文友张老师叹了口气说："故居里是陈列了很多书，遗憾的是蒲老先生的真迹却不在。早在清代同治年间，蒲松龄的第七代孙蒲价人扶老携幼闯关东时，把《聊斋志异》原稿上函 4 册及《聊斋杂记》32 册，全部带到了沈阳，现在辽宁省图书馆珍藏。可惜我们无缘一见。"听了张老师的一番陈述，我打心里佩服他的博学多才。

西院里，也有北屋和西屋两个展厅。西展厅展示的是《聊斋志异》中较精彩并极有代表性的故事，是用彩色泥塑展示的，如《促织》《田七郎》《考城隍》《胭脂》《小翠》等故事，里面的人物惟妙惟肖，栩栩如生。这些泥塑充分反映了封建统治的黑暗、科举制度的腐朽，以及青年男女追求恋爱自由而不得的悲惨结局。北展厅里分两个区，东区墙壁上悬挂着大批的名人字画，有老舍的"鬼狐有性格，笑骂成文章"，范曾的"淄川故地弥留仙，冷雨当年寂寞天。一卷聊斋千滴泪，披萝带荔忆前贤"，姚雪垠的"生逢乱世，心怀孤愤，善恶难言神仙妖，总不忘灯下著稗史。隐居穷乡，目注尘寰，是非混淆人狐鬼，最可敬笔端绽鲜花"。此外，还有叶圣陶、胡厥文、赵朴初等一大批名人的字画，共 3000 余件。西区是蒲松龄毕生喜爱的奇石展，有蛙鸣石、三星石等多种奇石，都妙趣天成，生动传神。蛙鸣石，形似鸣蛙，天授神韵，形态别具，人见人爱。蒲翁曾赋诗赞之："老藤远屋龙蛇出，怪石当门虎豹眠。

我亦蛙鸣间鱼跃,俨然鼓吹小山边。"为此,蒲翁还撰写了《石谱》,记载了100多种奇石的产地和特点。

最后,导游带我们去观看了蒲松龄先生用过的菜油灯、砚台、掏耳器、酒壶、酒盅、旱烟袋等。旱烟袋已经断成了好几截。最宝贵的是那4枚印章,即"松龄留仙"阴文篆书方形印、"留仙"阳文篆书方形印、"蒲氏松龄"阳文篆书圆形印、"柳泉"阳刻风景肖像印章,都是国家一级保护文物。尤其"柳泉"阳刻风景肖像印章,更是价值连城,是无价之宝。在这里,我们见到的只是印章的落红印,可还是觉得多了见识、长了知识,不觉遗憾。

走出故居,要经过一个虽小却别致的花园——拙园。里面梅、菊、竹、石掩映着白墙黛瓦,奇石嶙峋,小桥流水,水中睡莲有紫色、白色、粉色等,层层叠叠的卵形花瓣,簇拥在暗绿色的圆形叶片之中,顺着水势轻轻地荡荡悠悠,真似一位恹恹欲睡的睡美人。从假山后面汩汩流出的泉水,如同香醇的美酒,把我们熏醉了,把游人也都熏醉了。

走出纪念馆,时已过午。虽然心情沉重,但被蒲松龄孤介峭直、朴实淳厚的德行,寄情于山水、根植于民间的情操所折服,也感受到了时人、世人对蒲松龄的敬重、敬仰。

原载 2019 年《东方散文》秋卷

曲江海洋极地公园掠影

　　我拖着疲惫不堪的身躯从西双版纳飞往西安，来领略我国西北地区唯一的海洋极地公园。西安 40 多度的高温加剧了我们旅途的困顿和倦怠。公园内的一股轻风拂过，我们感受到了凉爽与畅快，也增添了我们参观海洋馆的渴望。

　　来西安游览曲江海洋极地公园，是盼望已久的事了。憨仲老师事前早已通知我，本来打算 6 月份随曲江采风团与全国作家一起前来，因有文学活动冲突，只好放弃。大理笔会落幕后，憨仲老师又率领我们一行绕道西安来采风"补课"。从小生活在海岱地域，见过的只是人们为生计而去赶海，捡拾退潮后的"战利品"。后来当了教师，从高中语文教材上见识了描写海洋的诸多优美篇章，如高尔基的《海燕》，海明威的《老人与海》，峻青的《海滨仲夏夜》，邓刚的《迷人的海》等，对大海的壮美、浩瀚、磅礴、宏阔、雄迈有了间接的认识。至于亲眼见到的大海亦是不少，我从山东半岛到大连曾横跨渤海，去韩国釜山越过黄海，也在香港维多利亚港湾坐轮渡向珠江口挺进，还欣赏过新加坡沿途的海景。大海的壮阔、博大，波涛汹涌的神奇，海风吹起的飞溅巨浪，各种海鸟的凌空翱翔都给我留下了很深的印象。

"海洋"一词，词典是这样解释的："海洋是地球上海和洋的总称。海洋的中心部分称洋，边缘部分称海，彼此沟通组成统一水体。"地球上"三山六水一分田"，故被人们称为"水球"。随着全球经济的快速发展和文明的进步，人们越来越重视海洋资源和海洋文化。海洋不仅有同大陆一样丰富的自然资源，更有与人们生活息息相关的生物资源。我国的海洋区域辽阔无比，海岸线总长度超过3.2万千米。渤海、黄海、东海、南海四大海域总面积470多万平方千米。这也是我们中华人民共和国作为大国的资本和骄傲。

西安是一座远离海洋的大城市，是举世闻名的历史文化名城，十三朝古都的风水宝地，历史上西安繁荣昌盛的盛唐荣耀和气息仍深深地存在于中华儿女的心中。西安的这座极富魅力的海洋极地公园，让游客近距离体验真实而神秘的海底世界，凝聚了西安人的聪明才智和创新理念，展示着海洋景观和极地风情。西安人有着大秦人的改革基因，大秦的崛起有李斯、商鞅无法磨灭的功绩，他们比齐、楚、燕、赵后人看得远，想得深。他们的创举引领着时代，他们站在改革浪潮的船头，扬帆远航……

冒着炎炎烈日，我们进入海洋馆内。讲解员告诉我们，这是一座信息量巨大，海洋生物特别丰富的场馆。随着人流穿过深蓝色的360度的亚克力玻璃隧道来到80多米长的海底世界，借助高科技技术，我们看到无数个海洋精灵，自由欢快地在封闭环境里游弋，林林总总，大大小小，离奇古怪，神态各异。海鱼的名字我一个也叫不上来，只感到光怪陆离，无数海鱼游姿优美，斑斓多彩。我犹如《红楼梦》里进了大观园的刘姥姥，眼花缭乱，神情恍惚，辨不清方向，找不着南北了。此刻我想起在小学读书时学过的《富饶的西沙群岛》，文中对海洋鱼类有详细的描写："西沙群岛的海里一半是水，一半是鱼，海鱼各式各样，西沙一带海水五光十色，瑰丽无比。"使人沉浸在一幅海底世界迷幻图中。在这里，我们感受到的是与鱼为伴的欢快，体验到的是海洋生灵的神奇和妙丽。这都是高科技带给我们的"大餐"！

　　随着讲解员，我们一行来到一副保存完整的布氏鲸骨骼前。我是第一次见到如此庞大的鱼类骨骼标本，据介绍是 2002 年在青岛海滩发现的，其死亡原因不明，但与海洋污染是脱不了干系的。中国海洋大学的教授和海洋生物专家对布氏鲸作了标本处理。听完介绍，我对科学家的辛苦敬佩不已。我好奇地问讲解员："有没有比这更大的鲸鱼骨骼？"她说："有啊，海边村庄的渔民为祈求海神保佑，有用更大的鲸鱼骨骼建造神庙的，这样的神庙也称鱼骨庙，就是用鲸鱼骨骼做栋梁和檩条。"啊，太神奇了！面对庞大雄硕的鲸骨，我联想到之前读过的 18 世纪作家麦尔维尔的长篇小说《白鲸》，故事讲的是捕鲸船上的事。在一次捕鲸中，船长亚哈被聪明的白鲸咬掉了左腿，因此他满腹仇恨，一心想追杀白鲸，甚至失去理智，变成了一个独断专行的偏执狂。他的船只几乎辗转了所有海域，终于与白鲸相遇。他用鱼叉击中白鲸，船被白鲸撞翻，亚哈被鱼叉上的绳子缠住，结局是人与白鲸同归于尽。我想，上苍是公正的，既然被白鲸咬去左腿，好好休养身体就算胜利了，为什么还要报复呢？人既然征服不了自然，就应该尊重自然法则，明明知晓白鲸力大无比，不应自不量力。在《白鲸》的作者看来，人同自然是统一体，个人的力量是渺小的，根本无力和自然抗争，人类应小心控制自然而不是肆无忌惮地去征服它。人类若要有统治地球的权利，就要有保护自然的义务，这是颠扑不破的真理。我由布氏鲸骨骼联想到《白鲸》笔下的人鲸搏斗，希望极地公园的存在可以持续引起人们的深刻反思。这只是我的胡思乱想，还是书归正传去极地馆欣赏北极熊吧。

北极熊是世界上体型最大的陆地食肉动物，皮毛洁白如雪，十分好看。观众都在欣赏和热捧北极熊的皮毛，一旁的张老师更是连连叫绝，赞美不已。只见两只北极霸主一会儿悠闲地下水嬉闹，一会儿慢条斯理地在岸上的假山中行走。这时的北极熊一派温驯腼腆的神态，走路的样子动感极强，它们曲线优美，从容淡定，好像习惯了游客的观赏，丝毫不以为意。可是它们在原来生存的北极地带，并不是这样子，凶猛、威武、霸气十足，尤其是猎杀海豹、海象，可谓凶残无比。偷袭在冰雪上休息的海象时，北极熊悄悄从海水中绕到海象背后，奋力一跃，死死抓住海象不放。有时候，北极熊通过冲入海豹在冰面的呼吸孔来追杀海豹，毫不费劲地将海豹拖出冰窟窿，美美地饱餐一顿，然后扬长而去。动物世界弱肉强食是自然法则。据说现在因污染严重，气候变暖，导致南北两极的冰雪融化，北极熊的生存环境遭到了极大的破坏。

转身来到北极狼的庭院，北极狼母子三只正在假山石洞旁互动，吸引着无数游客。我是第一次见北极狼。北极狼的皮毛应该是洁净的白色，此时却呈现出苍白色。我查过资料，资料上说北极狼的颜色随季节变换而不同。在我的记忆里，最早知道北极狼是在一则二战史料中，书中大致写了这样一个故事：一支苏联红军的车队行驶在茫茫雪路上，一辆军车不慎误入雪坑，车长非常着急，指挥着司机却怎么也驶不出雪坑。傍晚时分，来了几只北极狼，凶残的眼睛闪着蓝色的光，似乎因饥饿准备猎取食物。万分危急时，有位战士说，莫急，把食物投出去，狼不饿就安全了。建议遭到了另一位战士的反对，这位战士主张马上开枪，怕大家弄不好统被狼吃掉。之前那位战士觉得不可行，北极狼一声嚎叫引来狼群那可真的都没命了。车长问："那咋办？"刚开始提议的战士似乎对北极狼的习性很了解，说："继续投食物。"他们把战士吃的肉罐头、腊肉、面包等统统投出去，北极狼一次次抢光吃净。战士们关上车门等候，期盼北极狼吃饱肚皮。过了一会儿，一只体型庞大的北极狼蹲在地上向天空嚎叫几声，不一会儿，从四面八方涌来了无数只北极狼。军车内的战士们害怕了，纷纷指责那位战士的愚蠢。不一会儿，狼群围上来，为首的北极狼嘀嘀咕咕地叫了几声，狼群纷纷退到路旁的森林里，有的北极狼衔来一根树枝，有的北极狼拉来一截短木棍，放在军车被困的雪路上，一大堆树枝短木棍把雪路铺好，北极狼群转身离去。借此，军车开出了雪坑。原来，北极狼以实际行动报答战士的投食之恩。故事颠覆了"夫狼古有之，吃人者也"的古训。由此证明人类如果与动物和谐相处，世界会变得祥和。同时我对北极狼的知恩图报赞美不绝，难以释怀……

极地馆的企鹅怪有意思。来到它们的"家属院"，迎接我们的是麦哲伦企鹅和阿德利企鹅。它们身着燕尾服，打着领结，挺着雪白的将军肚，大腹便便，走起路来一摆一摆的，俨然一副西方绅士的派头。别看企鹅无多大本领，但企鹅紧密团结，为抵御严寒在冰雪环境里抱团取暖，可见它们的族群观念极强。企鹅实行一夫一妻制，情感专一，白头到老，对家庭负责，轮流外出觅食，共同抚育后代，与那些喜新厌旧、对家庭不负责任者形成了极其鲜明的对比，这些人应该好好学习企鹅的这一美德。

海豚的精彩表演把我们吸引到演艺场，一对海洋精灵的表演将现场气氛推向了高潮。它们一会儿随着哨音跃出水面，一会儿腾空而起，悬在空中，又迅速隐没水中。在钻圈、顶球等表演中，人豚配合高度默契。海豚动作敏捷，其优美的线条赢得观众阵阵喝彩。我非常喜爱海豚的"人情味"，听讲解员介绍，海豚的智商相当于七岁儿童，聪明伶俐，虽然躯体胖大，游动的时速可达50多千米。这样庞大的海洋动物又如此温顺、富有情感，对人类高度信任和亲近，所以我们更要好好爱护它们。海豚集体观念很强，群体间的凝聚力是其他动物所没有的，尤其在遇到外敌侵害时，它们上下一心结成统一战线，因此我对海豚敬佩不已。

短暂的曲江海洋极地公园的游览就要结束了，我们一路的疲倦还未消退，持续肆虐的高温还在炙烤着我们，我们无力将海洋馆所有的景点——光顾，只能恋恋不舍地告别西安，踏上了归程。返程的路上我陷入了深深的沉思，人类为何不能与动物和平共处？捕杀和狩猎为何屡禁不止？人类为何非要剥夺动物的鲜活生命呢？是利益驱使还是从诞生起就世仇未解？地球难道是人类自己的地球？海洋污染，空气污染……人类为什么不珍惜自己居住的地球呢？

原载 2019 年《东方散文》冬卷

清音盈耳

早晨醒来，如果能听到优美悦耳的鸟鸣，应该是一件非常幸福愉悦的事；如果此时看到紫飞在窗前的鸟，就不仅是幸福而是非常幸运的事了。当然这是指在城市里，如果在乡村，这样的情景就不足为奇了。

我家有东西两院，父亲在世时打理得很整洁，父亲去世后我因忙于教学，天天上班没闲工夫耕耘院落，东院一直荒芜着，杂草丛生。2006年暑假，县教育局来了通知，从事教育教学工作近40年的我，内退了。退休后，我很不适应无规律的慢生活，教师按时上课的习惯一时难以调整，赋闲在家，无事可做，为此作诗消遣，有《退休闲吟》一诗为证："四秩师涯卸轩辕，告老还乡归田园。蝶闹百花柴门诗，闲云野鹤赛神仙。"还有诗句："种花不为庭院美，著述不为稻粱谋。闲时垂竿临溪坐，兴来可作名山游。精神不老人难老，黄菊傲霜我傲秋。"就像诗中所说，我开始了东西两院的开发建设，西院种植花卉、蔬菜，东院种植林果。辛勤的耕耘获得了丰厚的回报，东院硕果满园，西院各式的花卉竞相绽放。此外，还打造了鱼池，放养各种各样的鱼类，如锦鲤、黑虎头以及各种颜色的热带鱼。早上拿来小板凳坐在塘边，种类繁多的鱼缤纷多姿，十分美丽。白的、红的、黄的、黑的、花的，游弋着，满池鲜丽，赏心悦目，心旷神怡，是一道亮丽的风景线。

东院也是我理想的休闲天堂，种有桃树、李树、苹果树、樱桃树，还有梨树等。几年工夫，棵棵开花挂果，秋来硕果累累，满园飘香，吃不完就分给邻居；友人来聚时，把果实满筐满篮相送，众人都十分开心。在陶醉于花园的同时，院子里引来了各种鸟儿，一时成了鸟儿的天堂。院外甬道的旁边原有的速生杨、洋槐、榆树、泡桐等也都长大变粗，浓荫遮满了庭院的外围大道。我住在硕果满园的东院，把自己喜欢的书籍搬到东院，临近中午在浓荫蔽遮的树下乘凉，摆上小方桌，喝着茶水，一边看书，一边聆听各种鸟儿婉转悦耳、动听绵柔的情话般的啁啾，心里酥酥的！

有一种黄色的鸟儿喜欢把窝筑在茂密的树枝上，院中一棵树上竟然有6对黄鸟在上面筑巢。那些巢拳头大小，像铃铛一样悬挂在树叶中间，不仔细看发现不了。黄鸟的叫声很纤细，很清脆，像露珠从荷叶上滑落后滴进池塘的声音，又像童稚在早春的田野里吹响的柳笛，听着有一种熨帖的感觉。不像喜鹊或是麻雀的叫声那样聒噪扰耳，也不像屋梁下燕子的声声呢喃，不像没完没了的春雨温柔得让人心腻，黄鸟在夏日的浓荫间轻吟浅唱，会让你觉得天气格外清爽。扯片草席躺在树下，不一会儿就进入甜美的梦乡……

还有一种鸟羽毛是蓝色的，体型只有小儿拳头大小，模样非常精致。当地人叫它"滴滴水"，因为它的叫声就像"滴水，滴水，滴滴水"，频率很快，音质变化很大，像铜钹，又像敲打在灵璧山上的灵璧石一样，响声清脆动听，非常悦耳。这种鸟据说喜欢在墙缝里筑巢，精灵得很，再细心的孩子也休想找到。这些都是我童年的记忆，现在很少听到这样的鸟声了。

一方水土养育一方人，一方水土也养育一方鸟类。鸟儿也有自己的生活领地。有一年我到济南水帘峡参加笔会活动，正值四月，水帘峡风光十分优美。在层峦叠嶂的山林里有一种小鸟，长相和叫声极为别致。我们住在山顶，空气清新，风景优美，山林里的鸟儿十分漂亮，羽毛红蓝黄相间，搭配十分得当，毛色亮丽缤纷，叫声像池塘边的翠鸟，但形态又不像翠鸟，与五彩鹦鹉相似，只是蓝色的尾巴略长点，身体却小得多，小巧玲珑，显得很是优雅。它不停地在树叶间或是细梢上快速跳动，竟让我想起了舞台上拖着长裙的时装模特；等它张开小巧的小嘴鸣唱时，则又像一个清纯靓丽专唱甜美情歌的小歌星。它的声音好听极了，以至于无法复制和描摹，简直像是"此曲只应天上有，人间能得几回闻"。当时是暮春时节，桃李果实成熟，好多只鸟儿结成一伙，早晨五六点钟准时迎着万道霞光，像是约好了一样开始晨唱，好似开了一场小型演唱会。几天来，我陶醉在无比优美的旋律中，我每天早上一睁眼就有一副好心情。早晨过后一整天不见它们的踪影，它们是飞向更远的地方觅食或是求偶，那就不得而知了。那种美丽到动人心魄的情景和令人神魂颠倒的仙乐般的清音却进到我的灵魂深处了，使我感叹不已，让我不敢相信自己的耳朵和眼睛。对长期生活在城市里的人，是久违的感动，感动过后，我突发奇想：假如刻录下那仙乐般的鸟音，岂不快哉？于是我打开录音页面，把手机悄悄吊到窗外的树上，垂到接近鸟儿经常聚集的地方，录下了鸟儿鸣唱的声音。这可是真正的天籁，人间再优美的旋律也比不上鸟儿鸣唱的仙乐天音啊！

可喜的是，在济南水帘峡的第三天夜间下了蒙蒙细雨，清晨我在水帘峡的小山上听到一种鸟的独唱，这种似又不似百灵鸟儿一样的鸣唱，宛转悠扬，悦耳动听，响脆如铃，是仙乐般的纯音，没有一点浑腔。这比文艺晚会上那位美女作家的嗓音不知好多少倍，简直是一首浓烈的抒情诗，是激奋心灵的畅想曲，是荡人心魄的人生乐章！醉卧山林，我有些茫然了，我和淄博、烟台的文友住在水帘峡最顶层的房间，眼下正是花繁叶茂的四月美景天，也是麦黄杏熟之季，留神之下我竟看到了那只鸟儿，墨蓝色的背羽，绌红色的肚腹，模样有几分神秘。它的爱巢就筑在山林的一棵庞大的茂密的树荫间，隐蔽得很，连猫科动物也难发现。

感慨兴奋之下，心绪难以肃宁，便提笔抒怀写下几行咏吟鸟儿的诗句：

一只美丽的小鸟
从树林里飞出
美丽了人间
鲜丽了风景……
浓荫间的树林因你喁啾而充满生机
荒漠的峻岭因你的鸣唱而增色
满目浓黛的青山因你的歌喉而盈光
鲜花盛开的村庄因你的仙乐而精彩
欢腾的小河因你的鸣笛而浪花飞扬
满面春风的人们因你的歌唱而吉祥

天空因你飞翔而更加明丽晴朗
大地因你吟咏而更加绚丽辉煌
物华大地和着你的旋律
迎接的是一片火红的曙光
…………
一声清脆的清唱
余音袅袅
驱散了没有音乐的彷徨……

2019 年 6 月 30 日

高青之旅

今年盛夏，骄阳似火，我荣幸地参加了在淄博举行的首届东方散文奖暨"天齐杯"全国文学大奖赛颁奖典礼。因为我一到繁华的大都市就迷失方向，为避免旅途劳顿，了却心不安、意不宁的烦扰，干脆让儿子驾车送我到现场。下午三时，在二楼会议厅举行了隆重的颁奖盛典。我是第一次参与这样的散文文化盛典，被隆重的场面、热烈的气氛、悦耳的旋律所感染。根据会议议程，第二天，我们随百余名作家采风团坐上大巴车，一路疾驰奔向高青北部的黄河畔边。南岸是一片广袤无垠、水草丰茂的湿地。车刚停，作家们纷纷下车，瞬时变成了技艺不凡的摄影师，摆弄着姿势来一阵狂拍速照。在堤下，我们三五排成一行准备小合影，只见那位笨拙的摄影师找不到快门，本来烈日当头站久了着实难忍，他的不熟练可害苦了我们。我随声招呼身旁的一位女作家帮忙，那位作家笑盈盈地娴熟地按动快门，一张张清晰的合影照定格在黄河岸畔。出于感激，我想记住这位作家，便偷拍了她爬上黄河大堤时的背影。后来才知道她是山西作家李慧丽老师。

我伫立堤岸，头顶烈日，向东远眺，干燥的热风吹过脸庞。我感叹道：黄河啊！我的母亲河，你依然浩瀚、雄浑、博大、壮观。虽说是盛夏季节，却仍处在水流枯涸期，与惯有的咆哮怒吼、恣肆汪洋、一泻千里的宏大气势极不相称。裸露的河底酷似沙漠地带中被风掠过的丘陵，波浪似的印痕依然清晰可见。我俯视河面，浑浊的黄河水不紧不慢地流淌着，岸畔被遗弃多年的船只已腐朽不堪，黄河带着五千年的文明流到了今天，一路咆哮，历尽万险，流到下游几乎挣脱了所有的羁绊，尽情地奔向大海。

我生活在黄河口，对黄河有着特殊的感情，也有幸游览过黄河流域的许多地段，留下了好多与黄河壮观美景的合影。虽然东营与淄博接壤，距离不远，来到高青黄河地段尚属首次。黄河养育着高青人民，滋润着高青人民，给高青人民带来了福祉。我回头问一位老师："黄河是不是也在高青决堤过，给当地带来灾难？"还没缓过神来，"嘟，嘟"，响亮清晰的汽笛声打断了我们的交谈。阎夫之老师站在大堤高声喊道："集合上车，去湿地公园。"车子转过个大弯，展现在我们面前的是广袤无垠的、具有黄河风情的湿地公园。

从高青地理地形图上看，湿地北倚黄河，南襟大芦湖，大芦湖偏东南是小清河，湿地三面环水，地势优越，往西一条柏油路通向蓑衣樊村。湿地处处波光潋潋，雨意空蒙，烟岛茫茫，遍地花丛吐香，满目绿色流光，处处弥漫着清新醉人的花香，处处是迷人的风景，俨然一幅不是江南胜似江南的山乡风景画。偌大的湿地公园被百余名采风作家闯入，众位作家犹如草原上牧民的羊群，散落在绿色中，点缀在蓝天白云下。女作家花花绿绿的裙装，男作家素淡飘逸的夏装，透着特有的气质和灵动。放眼望去，酷似一幅疏密有致，浓浓相宜的草原牧羊水彩图，如诗如画，如梦如幻，魅力十足，韵味无限。

此时正是仲夏时节，是湿地最美丽、最风光、最动人的时节。这里绿色主宰着世界，碧绿的湖泊河塘润泽流波，葳蕤的芦苇菖蒲碧绿万顷，纵横交错的水稻秧田，碧涛遮蔽的荷塘翠影，地势较高处的垂柳婀娜着迎风飘动。形形色色的叫不出名字的大花、小花，颜色不同，一片片、一簇簇、一丛丛，茎叶茂密，艳红欲滴，绚丽纷呈，富有风韵。有时听到几声蛙鸣虫唧，偶有丹顶鹤、黑鹳从沼泽丛中飞起……

大凡湿地，皆有鸟群，这似乎是个规律。据当地人说，这里有不少丹顶鹤、白头鹤、灰鹤、红嘴鸥、大小天鹅等珍禽鸟类，它们在芦苇荡深处安家筑巢、孵雏繁衍。此地是鸟儿的乐园、鸟儿的天堂，它们把这里当作自己的家园，当作属于自己的仙境。在秋天会出现万鸟聚会的盛况，一年四季都会有水鸟千姿百态的舞蹈、曼妙柔美的鸣唱。我们此次并没有看到万鸟聚会时壮观美丽的一幕，大约是采风团游客太多把它们赶到丰美的芦蒲深处了，或是只有深秋暮景才能看得到吧！

湿地生机盎然，充满神秘。我们置身自然，心旷神怡，走着走着似乎有种"闲云野鹤赛神仙"的感觉。

我是土生土长的黄河口人，也许看惯了黄河口湿地"雄、奇、野、阔"的特色，惊叹于人间竟有如此静美、温润、秀气、婉约的高青黄河湿地风情，像"养在深闺人未识"的杨家女，给人以静谧、温婉、素淡、恬静的韵味。

七月烈日炎炎，没有一丝风，我们随着作家采风团，一路赏景，一路狂拍，与各位老师合影留念。有单人照、双人照、大小集体合影，还拍了黑牛，拍了蜗牛，拍了作家，拍了诗人，不经意间还与空中的飞鸟，水中的野鸭合了影，一路芬芳一路诗，一路狂欢一路歌。湿地风景鲜而奇，旖旎仙境使人醉。我与寿光的几位女作家一路谈笑，一路相互鼓舞，尽管挥汗如雨，却惬意欣喜得很。时近正午，蒸笼般的热浪向人们袭来，我们加快了脚步。朱素荣和刘芳老师每人取了只大荷叶放在头顶上当作遮阳帽。踏过芦蒲疯长的湖区，跨过青龙桥，狂奔着追赶队伍，终于来到了驻地——蓑衣樊村。我笑着对匆匆赶路的作家柴翠香说："这哪里是'慢城慢节奏'，分明是急行军。可被坑苦了。"走进食堂，已经12点多了，早到达的已吃过午饭，饭后的餐桌杯盘狼藉。初守亮看到我浑身汗透，上前说："雏老师，早知这样我用车去接你。"我笑答："那领略不到沿途的风景了。"说罢一起哈哈笑了起来。

吃罢午饭，下了一场小雨，我们漫步在蓑衣樊笔直的纵横交错的街衢上，才感觉到丝丝凉意，浑身清爽，才有"慢时光"的真切感受。环顾村庄，勾起人们对往昔生活的追忆和思念。

在蓑衣樊村，没有大都市的纷扰喧嚣，没有门头林立、热闹繁华的商业街，没有足浴、按摩，也没见小酒肆、茶馆和客栈，只有一处饭庄，还是食堂，一切静谧、安宁、舒缓、祥和，井然有序。

晚饭后的大街上，留着山羊胡子没有牙齿的老爷爷，手摇蒲扇，露着知足的笑容，悠闲自在地坐着；也有少妇满怀喜悦地怀抱又白又嫩系着小兜肚的胖娃娃；中年妇女坐着蒲墩，手摇老式纺车精心捻线……村里民风淳朴，幸福和谐，家家房前屋后植有红梅翠竹。三面环水，空气清新，荷塘飘香，渔歌互答，稻粱自足，生活无忧，一切是自然的原生态。走在蓑衣樊的大街小巷，让人感觉到这是一处男耕女织的传统部落。这里环境优美宜居，文化底蕴深厚，处处彰显着劳动人民古朴的"慢生活"理念。整洁清幽的街道透着北方乡村特有的风韵，给久居闹市的我一种全新的精神体验和感知，使我自然地想起陶潜笔下"屋舍俨然，有良田美池桑竹之属……鸡犬相闻，男女衣着，悉如外人，黄发垂髫，怡然自乐"的理想家园。

蓑衣樊，一个普通的乡村，一个幸福和谐的人间桃花源。蓑衣樊模式，奏响了荡人心魄的和谐发展曲。充满诗意的蓑衣樊在打造乡村旅游品牌上走出了一条成功路，在政治家眼中它是理想的社会形态，在作家眼中是田园派的标本，在画家眼中是一幅浓郁的乡村水彩画，在有些人眼中是充满闲情逸致的精神归隐栖息地，那么在村民眼中它是幸福的和谐曲。蓑衣樊啊，蓑衣樊，你是中国北方的江南小镇，是美丽乡村的典范和名片，你是民风淳朴的楷模，你是人们休闲养生的天然圣地，你是骚人墨客灵魂寄托的精神乐园。蓑衣樊，我要高声赞美你！

一天的旅程结束了，夜幕下的蓑衣樊，一片烟云迷蒙，美丽而朦胧。文艺晚会后，我没有参与稻田中央湖心亭的诗歌朗诵会，其实我是喜欢诗歌的，私心觉得留下了无法弥补的遗憾。

我与马明高老师同室。从东大院穿过过道向右拐，后院隐蔽的西北角有间舒适的小土炕屋，就是我和马老师的寝室。这里幽静偏僻，花草飘香，门前还有一棵长势旺盛的小树。当我返回时，马老师正在静心阅读憨仲先生的散文集《泱泱齐风》，我走进来他竟浑然未觉。我说："带回家细细研读不好吗？"他答道："内容太好，等不得。"我想他大概被憨仲老师的优美文字感动了，我紧接着答道："是啊，憨仲老师是散文界的一棵参天大树，他的散文是一部齐文化史。"我与马老师倾心交谈到很晚，问到东营的王方晨、山东作家协会主席张炜、《作家报》哪年停刊。交谈中知晓他参加过第三届鲁迅文学院高研班，是中国作家协会会员，出版过长篇小说《颤动与叹息》，也有多部影视剧被搬上屏幕，出版各种题材作品 17 部。获悉他有如此成就时，我对这位 20 世纪 60 年代出生的文坛精英赞叹不已。

2017 年 10 月 7 日

秃鹫

　　你见过栖息于草原或山谷的秃鹫吗？其实我也没有真正见过，只是在《动物世界》里见到它那兀然立于丑石上的傲姿、瞬间翱翔于峰谷间的魔影，它那神姿是极具魅力的。

　　今年秋天与小儿子去了趟泉城，应儿子的要求，准备先去金牛公园鸟族馆，欣赏各种各样的鸟类，后去千佛山枫叶谷赏枫叶。我们偶然间在鸟族馆看到了一只秃鹫。这是我平生第一次见秃鹫，据解说员说，它来自澳大利亚的热带大草原。我近前仔细地观察它的样子，它给人的感觉冷峻、超然、目空一切。它旁若无人地孤立于一树丫上，头不动，身子不动，眼球不动，双爪死死地锢着树丫，只有微风吹过，翻动一下它的羽毛——真是傲到了极致。

　　古人曰"恃才傲物"，我想，傲必有暗藏的高强本领，傲一定有所恃，它到底何恃之有？我对它更加好奇起来。解说员见我看得专注，很热心地介绍说："别看它外表如此冷峻，却嗜啖兽尸腐肉，甚至肉不腐不吃，尸不臭不食，它的食物大到虎、豹、狮、羚羊，小至野兔、袋鼠、山雉等。"我回家后又翻阅了高等教育生物教材"鸟纲"一节，确乎如此。它不像其他动物那样疲惫地觅食，如非洲猎豹为追捕一只羚羊狂奔千里，气喘吁吁，也不像狐狸那样将自己埋进草丛里"守株待兔"，更不像野狗成群结队设下埋伏，途中围攻，共同分享猎物，它只需优雅地在高处一旋，腐尸臭肉、枯骨残骸，尽收眼底。发现臭尸，速落地面，呼唤同伴，跳来舞去，美美地进餐，满嘴肉香，其味津津。

秃鹫见腐尸臭肉若群狼闻到了血腥，着实喜欢。偌大的动物界只有它可以放心地美餐，无须提防异类争夺，因为面对腐尸臭肉，舍它其谁也？

这一发现使我大大地瞧不起秃鹫，那冷峻、清高的神威与其嗜好一比，着实反差很大。得知这些知识后，它那傲得不长羽毛的小脑袋，钩而尖、弯而曲的长嘴与爪子，让人看后实在不舒服，觉得毛骨悚然，浑身顿生鸡皮疙瘩。拥有如此神威的气韵竟专嗜别的动物弃而不食的臭肉？脏乎！

秃者，不长毛也。据传说，秃鹫之所以秃，是其脑袋内积有毒素，别的动物一旦食腐臭食物即被毒死，唯秃鹫"尽占风光"，积食存毒，聚于鹫首，故鹫顶羽毛不生，鹫便成了秃鹫。

秃鹫啊，秃鹫，啖臭肉而头盈奇毒，何才而恃，何傲之有？

2000 年 10 月 6 日

威海纪行

　　暮春时节，应文友相邀去威海观光。一大早，同去的文友驾车来到小区门口接我，一起到约定地点雪宫路集合。威海，我曾经去过一次，那是 20 世纪 90 年代，当时纯属游览。今次去威海有两个目的，一是到昆嵛山搜集些历史文化资料，因为我正在主编《广饶科举人物》一书，广饶明代进士成勇晚年隐居昆嵛山，著书立说，我想亲眼看看他的隐居地，或许能从中挖掘出相关史料；二是领略威海的优美风情和寻溯历史文化名胜，以便写些游记散文。带着欢快愉悦的心情，我踏上了旅程，随着导游对景点的娓娓道来，来到了道教全真派发源地——昆嵛山。

寻迹昆嵛山

　　一路登山，一路赏景。在文登区的众多古迹中，昆嵛山是一个让人流连忘返、遐思无限的世外桃源，是一个见证"文登学"

传承发扬的文化名山。它深藏于"碧树连芳草，山秀蕴仙境"的青山中，海拔922.8米，山脉绵延150多千米，是胶东厚实的脊梁。因地形地势的特殊，形成了如"泰礴日出""山市蜃楼""互动烟霞""昆嵛叠翠"等奇观。

山上有许多历史古迹、碑碣铭文、名人题刻，这正是我费心劳神想寻找的。深入到第一道山洞时，听导游讲，这是"烟霞洞"，就是道教全真派的发祥地，烟霞洞内有元、明圣旨碑"铜牌"、邱处机手书石刻。胶东第一古刹无染寺是"王母娘娘的洗脚盆"，无染寺中有唐昭宗光化四年无染禅院，还有清代光绪年间重修的无染禅院碑等。这些人文景观和自然景观融为一体，给人的感觉是"秀、古、奇、幽"，同时体现着昆嵛山悠久的历史文化。北魏史学家崔鸿在《十六国春秋》里称昆嵛山是"海上仙山属蓬莱，蓬莱之祖是昆嵛"，把昆嵛山推举到至高位置，在他之后才有"昆嵛山乃海上诸山之祖"的说法，昆嵛山一时成为华夏闻名的"仙山圣地"。齐威王、齐宣王、燕昭王、秦始皇、汉武帝等帝王来此拜神求仙，寻找长生不老之药，更为昆嵛山增添了一份神秘梦幻的色彩。

再继续登攀，远远就望见东南走向、山脉绵延的圣经山。它骤然隆起，有突兀奇峰。这险峰高耸的圣经山有许多仙道故事，印证了"山不在高，有仙则灵"的说法。山上有酷似老子的天然石像，有金、元时期的摩崖石刻《道德经》，二者珠联璧合，浑然天成，玄妙至极，被道家视为大化仙境，历代道家真人到此招徒授业。

真人已去，留下漫山仙迹，漫山传奇。道教遗址遍布山野，昆嵛山成了一座天然的道家博物馆。我们跟随导游步入混元殿、卧仙石、众仙坟、聚仙台、会仙桥、老君庙、玉皇阁、东华宫、三清殿等，瞻仰这里众多的仙家遗址，这些地方至今香火不断，每天烟雾缭绕。隐蔽在绿丛山涧的著名景点有 46 处之多，可以说满山皆神话，无处不天机，每天前来求仙许愿的人，接踵而至，络绎不绝。景点题词漫山遍崖，文人墨宝也为古老的道教圣山增添了丰润的一笔。这座道教文化名山终于随着我的游览揭开了神秘的面纱。

　　一路上，我寻寻觅觅，遇到古迹遗址、碑碣石铭，一一打探，渴望找到进士成勇在昆嵛山隐居地遗址的线索。但一天劳碌，寻遍全山，却没搜索到所要的资料。

　　很多史料明确记载着成勇因弹劾抨击杨嗣昌而被崇祯皇帝撤职，隐居昆嵛山之事。成勇闭门不出，著书立说，研究程朱理学长达 10 年。此间，成勇继承宋代程朱理学，传播理学思想，独居一楼，自名"蜗庐居士"。他在蜗庐中题写的座右铭是"万里风光楼上眼，千秋事业榻前心"，表明自己身居蜗庐，仍不忘放眼万里，志在千秋的情怀。从他的著作和部分诗作中也展现出他内心的块垒和对时局的观点。下面试举几例他隐居昆嵛山的诗作，以此窥探他当时的生活状况：

山居写意

奢望非我素，达生自泊如。

敝庐不愿广，藜藿取充虚。

林密想幽鸟，渊深慕巨鱼。

但求离世网，岂是择世居。

诗中流露出他隐居昆嵛山时生活的闲适和感慨。

卜居东牟偶吟

远遁有何适，所栖处处山。

泉声枕度上，树色房栊间。

世事任人扰，风光爱我闲。

一丘一壑内，喜得日跻攀。

诗中表现了他被谪贬后隐居威海东牟时对当地生活的热爱和享受。

山居闲吟

已自离家远，何嫌居寂寥。

偷生因友鹿，养拙肯辞樵。

每哂扬云阁，愿共颜子瓢。

兴来姿所往，山水望非遥。

海上邀侯甫孙翁暮春作

故人一见情更真，远我园亭避俗尘。

架上图书仍似旧，阶前花竹宛如新。

山光映带水光秀，海味更兼酒味醇。

漂泊自惭非伸比，敢当重扫蒋生榛。

这两首诗更充分彰显出诗人脱离当朝身处乡野的欢畅，以及不能效忠皇朝的慨叹。

从诗集《蜗庐楼诗稿》中看出，他被贬后隐逸山野、遁居海岛，过着自由清欢的生活，拥有热爱祖国山河的博大情怀。同时清刚忠直、治学谨严的成勇赋闲在此，让人顿感当时的朝廷对人才的轻视和浪费。

他的著作《昆嵛洞语录》《蜗庐楼诗稿》就是在昆嵛山所著。昆嵛洞尚在，却没有成勇故居的任何痕迹和信息，究竟是因他躲避灾难，埋名隐姓，隐藏身份而销毁了佐证？还是后世的地方历史文化研究者不知情呢？《明史》、省志、府志、县志都有相关资料记录，《明清进士通鉴》也有"隐居昆嵛山以终，学宗濂洛"的记载，怎么到了一代皇朝三品官的隐遁地却毫无记载呢？询问导游，导游一脸惑然，历史谜团难以解开，我的昆嵛山之行也一无所获。

科举皇榜多

不知不觉来到了文登区文山的又一名胜"召文台"，导游滔滔不绝、极富激情地讲解着召文台的来历。召文台是坐落在充满文化底蕴的文山上的一座建筑物，绿树掩映，宏伟壮观。据导游讲，公元前 219 年，秦始皇东巡曾来到文登一带，召聚文人学士登东城山吟诗作赋，508 年置县时便取"文士登山"之意，文登之名从此诞生。文登数千年来重教崇文，风尚不断，东鲁遗风会聚而成"文登学"。文登人演绎了千年文脉的基因承传，一个"文"字赋予了这方土地文化灵秀。

北宋元丰八年，苏东坡奉命任登州太守，他在任上只有 5 天。虽然如此，大文豪在目睹文登民众勤奋好学的风尚后，发出了"至今鲁东遗风在，十万人家读书声"的赞叹。《文登县志》载有明万历四十三年文登知县有令谓"文山乃文邑祖龙，民命文运攸关，如有在此取土者,罚土千担、树千株"。一道禁令由取土而言及"民命文运",足见文化在历朝历代文登人心目中的地位。

重教尚文的风尚,尊崇儒学的传统,古代私塾的繁盛,让私学教育遍地开花。这也与汉代经学家郑玄在文登播撒儒经,兴办学宫,做了良好的奠基有关。他是培育文登地域文化沃土的真正功臣,他在昌阳县内长学山看到这里西接昆嵛,东俯昌水,南揖沧海,北居甘泉,土地肥沃,民风淳朴,就在此垒石屋建造"康成讲堂"广招弟子,设立"长学书院",一边种田,一边教书,教民习文修武,遂使文化兴发,风化洞开。郑玄门徒三千,桃李满园,一时形成了郑氏学派和鲁东学风。郑玄的办学精神对后世的文登学子有很大的鞭策和鼓励作用,他教出的学生个个都是饱学之士。这些弟子开馆授徒,代代不绝,形成了日益繁盛的兴学之风,使文崖海书院遍地开花。"千载涧中流出水,琅琅犹带读书声",读书声响彻在鲁东大地。这一影响一直延续至隋唐、五代、宋元时期,经久不衰。

明清时期是文登文化教育的鼎盛时期,涌现出丛兰、杨顺、宋廷训、刘启先、杨维垣、王都等吏官。清代更有于鹏翀、于鹏翰、于可托、于连"一门四进士"的望族世家。在顺治十二年竟有7名进士荣登皇榜,自科考以来考中进士者102人。其中明清就有进士66人,8人入翰林院,5人任巡抚、总督、尚书,6人皇朝正史有传,数十人国史留名。可见文登县学催生了文化教育的繁荣,唱响了文登的文化鼎盛,让文登流淌着"崇文尚学"的祖传文脉,书写了科举的辉煌篇章,是文登人值得自豪和骄傲的资本。

偶遇沙雕节

威海南海的海滩风情街十分美丽，我们一行中午就在清风徐徐的海滩亭中就餐。亭子坐北朝南，我们能饱览眼前的海涛卷浪、海风轻拂，听着优美富有风情的苏小明的醉人歌曲"海风你轻轻地吹，海浪你轻轻地摇……"，把酒临风，惬意无限 。这天正好又是威海沙雕节开幕的日子，南海海滩展览着精美的展品，在阳光的照射下熠熠生辉。精彩的展品让我们感受到祖国在经济、文化和科技领域里取得的伟大成就。规模如此宏大的沙雕节我还是第一次见到，仔细察看一件件艺术品，我不禁感慨万分，置身其间仿佛游览历史长河，能感受到岁月的沉淀和时代的变化，让我为祖国的日新月异、蒸蒸日上感到自豪。

为增加节日期间展区的趣味性和互动性，沙雕场区还设置了售卖区和亲子游戏区，游客在观赏沙雕的同时能亲身体验创作沙雕的乐趣，漫步海滩可观赏沿路郁金香的美景。游客也可带领自己的孩子到浅海踏浪戏水，体验水上娱乐。岸边风情街的海鲜大排档里飘来缕缕鲜香，玩累了给孩子点一桌海鲜，岂不更美。

夜幕降临了，流光溢彩的绚丽灯光，低调轻奢的沙雕酒吧，悠闲舒适的躺椅，冒着焰光的篝火，配以情节跌宕起伏的主题演出，给沙雕节带来浓烈的节庆气氛。据导游讲，南海新区的沙雕节已举办十二届，获得了"威海市十大文化产业品牌"等荣誉称号，已成为威海南海新区一张独特的文化旅游名片。

漫步黑松林

第二天吃过早饭，大巴车一路疾驰，穿过昌阳河，越过山丘，经过沿途茂盛的林木，来到威海万亩黑松林风景区。据导游讲，黑松林东西长约 7 千米，南北宽约 2 千米，占地约 10500 亩，号称万亩黑松林，60 多年来一直保持着原有林貌。威海黑松林是让人羡慕留恋的去处，是黑压压的一片青黛色，显得庄严而肃穆，又给人神秘梦幻的感觉。这是一片广袤的海堤防护林，漫步黑松林，曲径通幽，丽人络绎，身姿曼妙，松林清幽，英姿挺拔，海风徐徐轻拂，空气清新甘甜。走着走着，面前出现了一条棕色木板铺成的林间小路，错落有致，蜿蜒起伏，高高低低，曲曲弯弯，格局讲究。人们健步行走其上，惬意舒适，悠闲自得。导游在前面一边慢走，一边手拿扩音喇叭向游人介绍："这里是黑松林'哲思小径'。"漫步哲思小径，耳畔听着黑松林里地表喇叭传出的悦耳动听的轻音乐，呼吸着清新甘冽的空气，顿感心旷神怡。导游又问："空气醉人不醉人？有没有神清气爽的快感？"在这里，身心确实得到了放松。

最吸引我们眼球的是隐蔽在黑松林里的一块块木牌，上面的话语正试图为人指点迷津。"人所有的空间，若是被物欲膨胀得没有了缝隙，若是缺失了认知生命价值的环境，也便成了一贫如洗的物欲傀儡。"还有一木牌上写有："人生的最终价值在于觉醒和思考，而不在于生存。"这两句先人哲语，是对人生价值的深刻解答。先人对人生的领悟和思考，在这个生机勃勃的黑松林里，显得愈加神圣、庄严，真是一次精神的洗礼。

说起黑松林还有一段鲜为人知的故事，据导游解释，威海南区的黑松林是乔木，弯弯曲曲，粗粗细细，漫山遍野地生长，因为不成材才保住了几十年的小生命。据说20世纪60年代前，这里是"海风一起沙长腿，一夜沙埋十亩田"，当年人们响应周恩来总理的号召，绿化荒山，才在这荒山沙野遍植黑松。他们用飞机播撒种子，用人工栽培，如今这里已成茂盛的万亩森林了。黑松林有什么功能和用途呢？有一位当地的游客说，黑松林每天释放的负氧离子是一般树木释放的400倍，对环境和人的健康有莫大的益处。这里没有雾霾，没有空气污染，三高人群几乎没有，附近的村民里，年过百岁的老人占5%。黑松林还能涵养水源，保持水土，黑松林落下的层层叠叠的针叶，年复一年腐化为肥沃的土壤，使黑松林茁壮地生长。这里林木幽深，空气湿润，天然秀美，是理想的居住之地。海风吹来的时候，青黛色的黑松林发出阵阵松涛，使人生出无限遐想。

南海南部更是一个美丽之地，冬暖夏凉，春天比内陆迟来20多天，玉兰花、桃花、海棠花这时正含苞待放，遍地美丽的鲜花争奇斗艳，倾吐清香，春鸟翔集，沙鸥戏水。海边开发的新型楼房，样式奇特，各地的建筑风格被吸收演化成新的风尚，欧式建筑、哥特尖顶、俄式别墅等，不一而足，理想的家园吸引着各地的人争相前来，是人与自然高度和谐的宜居地。一座富有魅力的海边新兴城市正在南海崛起！

2019 年 10 月 7 日

逃避喧嚣

长期居住在闹市里，被熙熙攘攘的人群的嘈杂与喧嚣扰得不得安宁，渴望沿着含露的草径，去寻芳觅胜，放怀自然，感受宁静恬淡的山水。

走在乡间的小路上，踏上山涧，一股清新的气息带来一阵清冽的快意。当探索的脚步踏上旅途时，沿途的迤逦景观给人一种恬静清爽的感觉。背离喧哗的城市，远离拥挤的交通，澄清繁杂的心境，平抑浮躁的心事，是一种淡淡的浮生闲暇的享受，是一种"远看山有色，近听水无声。春去花还在，人来鸟不惊"的山野体味。山间的空气如此清新湿润，染绿的目光倍感轻松悠闲，野径颤动的花草抖擞出蕴藉的芳香，憋闷在心胸的郁气，顿时释放，舒畅淋漓。且行且观，景色宜人，时光被野藤纠缠，思绪被惊飞的山鸟牵引拉长。误入深林幽处，深深地吸一口新鲜空气，顿觉心旷神怡。沿崎岖山路挺进，颇具野趣，风景殊异。满眼的绿意，旷达的心境，清爽的身心，使常日里混沌的心灵渐显恬淡空灵。这时忽闻细碎的瀑布声,空旷山野里特有的水声奏出了"高山流水"的弦音。心念由此弥漫成水珠,将飘飘然的心绪打湿。置身如此旷境,如同幻入王母娘娘的仙桃园,简直有绝世的美妙、绝世的静谧、绝世的清幽!

踏至空谷险境寻找仙人足迹,两侧重峦叠嶂皆披红着绿,无数条涓涓细流飞流直下,一同汇入顺势而下的小溪,叮叮咚咚,潺潺流淌,听来给骚动不安的心情以一种安详和惬意。听觉和视觉更加自由欢快,因天天上班而绷紧的神经也极大地被舒缓,心中的浮躁与喧嚣也早已转化为淡泊与宁静,融化于大自然的万紫千红中了。

翠松沐晚霞,清泉石上流。溪润人心爽,日暮苍山红。大小不等的鹅卵石,千奇百怪,溪流迸发的浪花闪闪烁烁,触碰鹅卵石发出了美妙声响,伴随的装饰音是风声、鸟鸣、花草的歌吟、树叶的细语……汇成一股清新忘情的长啸。人与自然有着天然的感应,久违的融入,激发了内心天然的冲动。身处旷野,心在山涧,且将行囊弃于水畔,脱去鞋子,挽起裤角,赤足在山涧溪流,任凭山水洗涤心灵,净化杂念。感激大自然的润泽,感恩青山绿水的赐予,感念山鸟妙音的洗耳,感谢千红万绿的陪伴,感受野旷清泉的陶冶,领略大自然的神韵,拜谢大自然的馈赠,所有的思绪和感慨皆被净化了。

仰观青山隐隐,俯赏绿水悠悠,短暂的游览使人们向往自然,亲近自然,融入自然,并在与自然的互动中唤起人类初始的旷远与恬淡。

2020 年 9 月 5 日

109

醉卧黄河口

　　流经了亿万斯年,哺育了华夏炎黄子孙的九曲黄河,滚滚洪流,滔滔不尽,淤积在空旷苍茫、千里浩瀚的神奇土地。荒芜的平原上满目青翠,遍地野花,风烟俱净,百鸟云集,它铸造了独具地域风情的黄河口湿地生态园。

　　前几天我陪朋友游览了位于东营市的黄河生态旅游区,我被黄河入海处"雄、奇、野、阔"的景色所震撼。黄河口湿地生态美,美在四季变化无穷:春天白云蓝天,满目青葱,野花遍地,春鸟云集,绿野披霞,充满着生机与活力;秋冬季节,天鹅起舞,野鸭成群,鸥鹭欢歌,鸿雁列行,大片大片的黄须菜由绿变红,酷似电影节开幕式上的鲜红地毯。游人行走其间,大有影星健步行走于地毯上的曼妙和自豪。芦花漫天纷扬,绵延百里,犹如大地穿上了美丽的婚纱,柔美飘逸。而我最喜欢入海口的夏日,炎热的仲夏是黄河口最美的季节,美得让人痴醉沉迷。每年的这个时候,辽阔的黄河口有着蓝色的天、黄色的河、碧色的海,还有金色的桐树、红色的怪柳、白色的毛白杨等，枝叶茂密，遮天蔽日，以及绿色的芦苇、微红的黄须菜、殷红的罗布麻、藤蔓缠身的野豆子，一片片，一簇簇，一丛丛，百草疯长，绿野披拂。成千上万只鸟儿，白鹭、灰鹳、黑嘴鸥、丹顶鹤等吟唱歌舞，漫天翔翔。这里是鸟的乐园，鸟的天堂。微风吹动，清波荡漾，彰显着无限的盎然生机。天上鸟飞，水中鱼跃，地上野花伴随着凉凉的海风让人感到分外惬意。这片广袤而悠远、神奇而美丽的荒原野阔，一眼望去就像一幅疏密有致、浓淡相宜的水墨画。

这里没有山，也许是大自然想让人们真切地感受黄龙入海的壮观，于是黄河口便一望无垠。朋友说，在风清气爽的季节来到黄河口，不看黄龙入海的佳景，等于登泰山不见日出，是一大憾事。我们一行决定乘游船顺河而下，去观黄河入海口的神奇景观。仲夏时节的黄河口最能展现出"雄、奇、野、阔"的特色，此时最能彰显黄河入海的雄浑至极的魅力。雨季的黄河流量达到3000多立方米每秒，不时触及汛期警戒线。

我们乘游船向大海方向行驶了20多千米，河面越来越宽，河水越来越黄，这里没有参照物，水天一色，几乎看不到地平线。河岸上荒原茫茫，河床边河水茫茫，再往前看到的则是茫茫的大海。黄河流到这里，几乎挣脱了所有的羁绊，以汹涌澎湃之势，雷霆万钧之力，将与气吞山河万里无垠的大海相拥、相会、相撞，交汇融合在茫茫大海的阔面上，气势磅礴，横无际涯，成为一幅波澜壮阔的动人全景。汇流之景雄奇壮观，如巨龙腾渊，惊魂动魄。

这一刻，我想，黄河如果没有万里跋涉、翻山越岭摔打出来的坚忍顽强、骁勇威猛的雄姿，在这里会不会被大海拒之"门"外呢？我在脑海中搜索有关"雄"字的词语，想找一个确切精准的、足以描摹出这一刻景象的词语,"雄古""雄健""雄峻""雄壮""雄肆""强劲奔放""勇猛奔腾""骁勇扬鬃"……这些词都难以全面形容出黄河入海的壮观。我很不情愿地用"雄姿"这一词语来描述它的奔腾咆哮,因为在渤海湾畔,黄河口前,我忽然失语,找不到更恰切的词语来形容那种豪迈与奔放、雄浑与博大……还好我们正赶上了好天气,风和日丽,有幸看到了黄河入海的壮观。远望,黄蓝交汇的景色如同大海中飘起一条宽大的、弯弯的美丽彩虹,让人陶醉,让人振奋,让人澎湃。"黄河之水天上来,奔流到海不复回"的雄姿被我们见证了。

黄河带着五千年的文明走来了,它雷霆万钧,通天掣地,从遥远的青藏高原一路狂奔到茫茫大海。由一脉涓涓细流汇成滔滔大河,它经历了坎坷,见证了沧桑,兑现了承诺,奉献了青春。这里不是它夙愿的归结处,它要借助大地与大海的力量完成它的涅槃。

在黄蓝交汇的胜景中,又一佳景蓄势袭来。黄河以势不可当的强势进入海域后,受拦门沙的阻拦,再次受到迎面海潮的撞击,一改在河床的温文尔雅,突然昂起身躯,腾跃而起,波浪扬天。黄河在那辽阔的海面上纵横驰骋,列阵鏖兵,黄河浑黄,大海蔚蓝,浪花雪白,彼此交织在一起,壮美如山。这是任何笔墨都难以描摹的大自然的壮美景观,犹如武侠高手的巅峰对决,关键处,只剩下无言的高歌。这时沉浸在河海交汇美景中的我,忽然意识到,眼前的景致并不是想象中的巅峰对决,更像是一对离别多年的情侣在热情拥抱、激情亲吻。黄色的河,蓝色的海,看起来泾渭分明,实际上都有激扬与矜持,并能默契地交融。

黄河口又一特色的风韵,是秋夏时节的"芦花飞雪"。如果你想随着黄河口的"蒹葭苍苍"去寻找梦中情人，那你一定会大失所望，因为这里的芦苇太辽阔浩荡了。芦苇是黄河口分布最广、生命力最强的一种植物。每年春雨过后，大片大片的芦芽，犹如万箭钻天，蓬勃拔节，充满活力，让人不得不感叹大自然的造化，用"雨后春笋"形容黄河口的茁壮芦苇，丝毫不为过。到了夏天，满目的芦苇无边无际，气势恢宏，意蕴深沉，似天空，似大海，似群山，风中的芦苇荡此起彼伏，雨中的芦苇荡则有种超乎雨打芭蕉的美感，让人意会到一种不可言传的神韵和哀婉。秋季里，芦苇集春夏之阅历，演绎出一身墨绿，像是远古歌者，一咏三叹蒹葭苍苍的无限神韵。暮秋，万木凋零，鸿雁南渡，此时的芦苇荡却如川剧变脸一样，呈现出一种特有的景观——芦花飞雪。秋天的苇穗成熟了，苇叶渐渐变白，万顷吐絮，萧萧低吟，密密麻麻的芦苇连绵不断，有的高达几米，粗者似高粱秆，整个芦苇荡犹如待检阅的千军万马，素洁整齐，蔚为壮观。也有苇穗成熟迟缓的，待饱满的苇穗由淡紫变为淡白，蓬蓬松松，白花花的一片，风吹乍起，苇穗被风吹落，悠然飘飞，弥天盖地，令人叹为观止。

暮色时分，几声秋鸟的悲鸣，更增添了几分凄楚与悲凉，大有林黛玉《葬花词》里"花谢花飞花满天""随花飞落天尽头"的哀婉殇情之感。暮秋的芦花飞雪确实是黄河口上的别样风情，犹如一幅天空飘瑞雪的精彩画卷。

黄河口的魅力是无穷的。黄河口是一首美丽的抒情诗，有着广阔的自然景色，因时间有限，我们不能畅游每一处景点。我与文友们沿着朴实无华的辽阔湿地，穿过伸入芦苇荡的弯弯的木栈，走过茫茫荒野阔原，越过万亩槐树林，跨过坦荡辽阔的沃野平畴，告别无数载歌载舞的鸟儿们，曲折迂回，最后登上了黄河口的制高点——观景楼。置身楼顶，一种神秘莫测的梦幻般的妙感油然而生，仿佛置身虚无缥缈的仙境，登高远望，心旷神怡，八面柔风吹拂，自然忘记往日的烦心，消退心中的浮躁。身临广阔天空，亲吻海洋风情，拥抱神韵湿地，接近水鸟精灵，踏步红地毯，漫步柳林堤，朝观黄河日出，暮赏长河落日，心处博大乐园，喜迎徐徐清风，大有范仲淹登岳阳楼时"把酒临风，其喜洋洋者矣"的旷达豪迈与博大情怀。心灵受到洗涤，灵魂得到升华，游览的疲倦顿时消退得无影无踪，内心的不快驱散得干干净净，浑身清爽舒适，沉醉不知归路。

黄河口风情万种，婀娜多姿，游人如织，天蓝水绿，充满生机，如诗如歌。一丛丛红花鲜丽，一群群水鸟飞舞，一片片芦苇起伏……

无数多姿多彩的画卷，在你面前展开，能不醉倒吗？

原载 2022 年《河南文学》第 1 期

短文五篇

秋日的思念

那年秋天，我住在江南的一家宾馆里，秋雨绵绵，没有放晴的意思。我因雨不能按时启程，庆幸没有提前预订机票，有好多作家也不能按时返程，只有当地的作家陆续冒雨返乡。

年轻标致的宾馆服务员温婉可人，用吴侬软语劝慰："再过一个晚上天气就放晴了，就可以和家人团聚了。"一席话让滞留宾馆的人心情好转，因雨天郁闷的不快一下子消散得无影无踪。面对连天暮雨，我发出了"日暮乡关何处是？烟波江上使人愁"的由衷感叹。清秋时节，细雨蒙蒙，绵绵霏霏，令人愁绪万千。江南处处美景不绝，是管弦声声的风光之地，不过"珊枕半床，月明时梦飞塞外；银筝一奏，花落处人在天涯"。

醒醒吧，秋来暮雨惊戍旅，驿旅客逢总须归。我敏感的内心充满迷茫，却又十分清醒。细雨勾起了我绵长的思念。我思念的是青春时期那个待我如亲人，心里时刻装着我的眉目清秀的少女，她曾给我留下无限欣慰和让我不尽思念的骊影。我们曾是大学同窗，是在长期的相处中凝聚了战斗友谊的未婚夫妻，即使最终未能走到一起，她给我留下了一生中抹不去的烙印。虽然我们都到了人生的清秋时节，但她正像清秋里绽放的富有魅力的大丽菊，清风徐来，婉丽如霞。这份友情已渗进我的生命里了，我希望她生活得更好，过上神仙般的幸福日子。如今她已衰老，但气质和韵味仍是十足的。想着想着恍恍惚惚进入了梦乡，她标致的少女容貌映红了池中的盈盈溪水，溪水羞愧躲避……

诗曰：

霏霏细雨润清秋，温柔如酥劝慰留。
一朵菊影风染色，满溪烟霞水含羞。

野花岭

随着大巴车的缓缓前行，我们来到了白族居住的那个山脚。春风暖暖，满山的野花竞相绽放，一瓣比一瓣艳丽，一朵比一朵多姿。红的、白的、紫的、黄的、黑的，比赛似的绽露艳容，嗡嗡嘤嘤的蜜蜂在花旁飞来荡去，肆意地亲吻花朵，一会儿又亲吻花蕊，最后竟叮在花中央如痴似醉。放眼一望，无数的野花都被蜜蜂嗡嗡嘤嘤地包围着，景象十分迷人。还有无数只蝴蝶翩翩起舞，看样子也想"戏弄"野花，纷飞的蝴蝶形成一道亮丽的风景。我疑惑，是否两相情愿，又一转念，蝶恋花一场，真心付出，不是两相情愿又何妨？

一只美丽的小鸟

一只鸟儿从我头顶上飞过,从闪光的翼上滑过一声绵长的啼叫。清脆的鸣啼中,我听到自己的心是那样的急促和不安,好像很多想要说的话都被这鸣叫声引出了。这一声鸣啼代替了离别。

鸟儿匆匆地飞远了,我也匆匆地赶路。路是漫长的,岁月漫漫,只有爱才能抵挡漫长,况且已是秋末,马上赶路吧!飞走就飞走吧。不过那鸟儿的确是美丽的鸟儿,那一声绵长的鸟鸣也是让我难以忘怀的……

天要下雨鸟要飞,神仙也无能为力。飞走了或许是一种解脱,何必惋惜呢?

雨丝!青丝!

无尽的霏霏细雨,漫天的雨丝,犹如绵长的青丝。弥漫天际的细雨,悄悄地落地,犹如缠绵悱恻的情丝。雨把沉默的爱,化作浓密的情丝,化作浓烈的挚情,化作热烈的希冀,滋润着大地,给大地以无限活力。

细雨啊!你用轻柔的足音,莹洁的心灵,柔婉的爱抚,挚爱的情感呼唤着大地。细雨啊!你的雨丝能呵护大地,滋润大地到永远吗?你的青丝能永远缠绕你所爱的人吗?你的情能献身你所钟情的人吗?但愿如此!

悲悼陈晓旭

那一年，应该是 2007 年，我去武汉看望读大学的儿子。儿子课余时间领我登临黄鹤楼，领略长江大桥的宏伟景色。我们穿梭在汉口步行街，见证抚琴台，泛舟东湖，逛鸟林，游览归元寺，缅怀于武昌起义纪念馆……最后户部巷就餐。几天这样的生活使我疲惫不堪，又加上夏季炎热的天气，有点招架不住，决定于 5 月 24 日返程。那天，我在武昌火车站候车室看一本刚购买的长篇小说《狼图腾》，忽然旅客纷纷传阅《武汉晨报》的一条信息——《红楼梦》中饰演林黛玉的陈晓旭英年谢世。我作为一位"红迷"，对此感到十分震惊。我想，美好的东西为什么难以长久，总是给人留下深深的惋惜？列车到站，我顾不了那么多，迅速搭上北去的列车，林黛玉的身姿丽影一幕幕浮现……"寒塘渡鹤影，冷月葬花魂"，她与史湘云的对诗，充满了无限的哀愁和凄婉，今天正是这句诗的写照。

陈晓旭驾鹤而去，已是事实，也许这就是"质本洁来还洁去"吧！感到惋惜和悲怀，于是我悲切赋诗：

> 影疏香残春梦调，一缕香魂天际杳。
> 倚风听雨泣幽魂，悲秋忧寒忍寂寥。
> 潇湘妃子驾鹤去，紫雁无力伴吹箫。
> 但愿彼岸大观园，满目鲜花待春晓。

2019 年 10 月 12 日

蒜乡风景

近几日，被称为"大蒜之乡"的花官已进入采摘旺季。碧绿无边的蒜田里，采摘蒜薹的人一排接一排，地头上满载蒜薹的货车一辆接一辆，村头路口商讨务工价格的打工者成群结队，构成了一道五月间花官乡特有的景观，为东营的田野风光增添了生动的一笔！

由于今年花官乡种植准备充分，管理妥善到位，蒜薹长势好于历年。一根根又粗又长的蒜薹盘着圈，微风吹来，摇曳多姿。那一片片茂盛碧绿的蒜田，深深地吸引了我们。在地头，我同一位叫王德章的农民攀谈了起来。他头戴草帽，身着衬衫，红润的脸庞上挂满了汗珠，我夸他的蒜薹长得好，他却谦逊地说："这还不算最好的。东坡片的蒜薹今年由于更换了新品种，长势特别好。"我问他："你今年种植多少亩？"他说："15亩呢。按照今年亩产1500斤计算，每斤2.5元，除去成本净赚3.7万元，抱个大金娃娃毫无问题。"说着，脸上露出了欣喜的神情。看着他一脸的幸福喜悦，我想到正是因农业产业结构调整，大面积种植作物，乡政府大力扶持，才使农民快速走上了致富之路。

在车辆拥挤难行的路口，面对堆积如山的蒜薹，我上前问一位正在装车且操河南口音的客商："你为什么远道而来收蒜薹？"他说："你们这里的蒜薹受土壤、气候等因素影响，品质好，蒜薹不粗不细，适宜冷藏，在华北地区属上等产品。我们是慕名而来。"

我们告别了客商，又向乡东片的田走去。时近中午，在返回的路上，映入我们眼帘的男男女女，在望不到边的碧绿蒜田里，头戴草帽，紧张地忙碌着……

一辆辆装满蒜薹的货车，陆续开走……

一沓沓大钞票装入蒜农的腰包。

花官人种蒜创出了奇迹，叩开了致富大门。

花官人正在特色种植的致富路上阔步向前！

原载 2017 年《广饶大众》

神奇的土地，醉人的田园

——义和镇采风纪行

刚结束马踏湖的旅程，还没让身体从旅途的疲惫中恢复，又接到《西部散文》文学会的通知：明天 8 点半启程赴河口区义和镇采风。我毫不犹豫地背起行囊，拉上行李箱，迅速搭上北去的公共汽车，踏上了去义和镇采风的征途。心想：这个名不见经传的小镇，到底是什么样子呢？

公共汽车在高速公路上疾驰，一路的颠簸使我恹恹欲睡。窗外广袤无垠的鲁北平原上，无边苍茫的芦苇丛，一排排布局整齐的乡村房舍，林立转动的采油架，来往穿梭的运输货车，不时闪过眸子。还有沉醉暮秋晚景的摄影迷，身背照相机奔波于芦花飞雪的湿地中，在寻寻觅觅地捉捕最佳镜头。偶尔可见稀稀疏疏的牛羊群，仔细寻找能发现持鞭躲在角落里悠闲自得的老大爷或是牧童，他们任牛羊撒野，肆意啃草。窗外美丽的景色一闪而过，我唯恐坐过站，忙问座旁一位学生模样的少女："到河口有多远？"她热情地回答："你要到我们河口去，还早呢！到站我提醒你。"

她那毫无戒备的真情回答，使初来乍到的我感受到了河口人的质朴、率真和亲切，一股感激之情袭上心头。

时近中午到达河口车站，正好河口宾馆就在附近，前来迎候我们的义和镇党委书记王云涛、镇长綦建峰已等候很久。有很多采风作家已提前到达，见面后，他们与作家亲切地握手，礼貌地问候，又一次使我感受到河口人的热情与友好。在王书记等领导的陪同下，我们山东作家一行步入宾馆的黄河厅，落座后，在冒着热气的香茗中，王书记侃侃而谈，打开了采访河口文学的话匣子……

义和镇虽有100多年的历史，但还是一片年轻的土地。它是一望无际，二望无际，三望还是无际的退海旷野之地，属于黄河淤积平原，是人迹罕至、广袤辽阔、杂草丛生、蓬蒿疯长之地，是野兔、狐獾、猎鹰等野兽出没的天堂。近代，四面八方的先民来此垦荒耕耘，他们的子孙和睦共处，团结一心，建设家园，为家乡繁荣和发展做出了贡献。在历代先辈的努力下，现在涌现出了年丰庄园、九丰农业、梁家苹果基地、怡丰庄园、申丰庄园等一大批高效生态园。这里处处瓜果飘香，辽阔的旷野中弥漫着丰收的气息，裹挟着甜蜜的梦想……

听了王云涛书记的介绍，一股急于看看这片神奇土地的热望在心中涌动着，急于一睹新时代蓝图鸿景的欲望在燃烧着。我急于揭开她神秘的面纱，一睹芳容，领略她神奇面纱遮掩的芳姿倩影，感受她高效生态农业和浓郁的田园风韵气息，欣赏天然奔放的旷世美妙，更想走进这片神奇的世界，去探索纯朴敦厚、真诚大方的民风乡情，追探民风中折射出来的仁爱平和、大度义气、凝聚向心、抱团取暖的博爱情怀，捕捉这片沸腾的土地上义和人百年来奋斗的创业史，观赏在改革开放大潮冲击下爆发出来的无限创造力及所获得的累累硕果。这片神奇的土地太有诱惑力了。

　　午餐后，采风团一行在王云涛书记和綦建峰镇长的陪同下，乘坐大巴车向充满诗意的美丽庄园挺进。眼前阔野平坦，处处有着"野芳发而幽香"的悠然从容，更有"月涌大江流"的英健豪迈。初到义和，我顿觉视野开阔、激情涌动，呼吸、步伐也轻松畅快了。果不其然，河口的野，野得无垠；河口的阔，阔得无边，心旷神怡不足以形容此时此刻的心情了，野阔的找不到合适的形容词来定义了。

　　宽阔的柏油路随地平线消失在茫茫的尽头，不一会儿，车已到达西湖路和黄河路交会处的鸣翠湖风景区。踏进湖区，首先映入眼帘的是镶嵌在棕色木质墙廊上的"鸣翠湖"这三个洁白无瑕的大字，醒目素淡。我们沿着淡白高雅的台阶拾级而上，整个湖区的路旁用咖啡色木材圈栅围拢，增强湖区的安全性。导游一路陪同，手持扩音器热情地讲解："湖区占地5000余亩，仅水域面积达3500亩，东西长7.5千米，诸多景点分散在8千米的湖岸线上，是国家4A级旅游景区，也是河口区的居民休闲健身的场所。"湖区外一片碧绿的芳草地，附近整齐划一的住宅小区矗立在湖区北面的绿地上。仰望苍穹，天空湛蓝，白云缭绕，目睹碧波清澈的明丽湖景，漫步湖区长堤，满目苍茫、悠远。虽是10月份，柳树枝条还泛着青色，随风飘拂。尚不到芦花飞雪的时节，却已有翠紫中透着的苍白色。加拿大红枫叶也开始由绿渐渐变红，它告诉人们暮秋晚景即将到来。这里有了缤纷多彩的色调，有漫湖碧透、湖林欲染的感觉。远望湖心岛，有各种各样的鸟禽在此会聚，有飞翔在空中的白鹭，有栖息在水中的灰鹳，也有野鸭在慢悠悠地觅食，还有几只黑天鹅由湖心岛向岸边快速游去。我忽然问身旁的东北作家张老师："你见过秋沙鸭吗？"她说："家乡湖区的秋沙鸭成群结队，是一大壮美景观。"我又问："有没有东方白鹳和黑嘴鸥？"答道："当然有，家乡湖区的数百种鸟类是数不清的。"十月的鸣翠湖畔，有着"秋日胜春朝"的盎然景象，丝毫感觉不到暮秋残景的衰败，是红色的秋天，是壮美的秋日，是收获满满的丰硕时节。

鸣翠湖沿岸精心布置了文化、休闲、湿地三大主题，展现了河口的魅力、活力、生命力。湖区设有喷泉公园、健康岛、湿地鸟岛、长堤码头广场、市民广场、庆典广场、儿童乐园等文化娱乐场地，成为市民生态旅游、文化休闲的新天地，为城区市民创造了优美舒适的理想环境。湖畔高高的空中鹊桥是专为牛郎织女七夕会面而搭建的，充满繁丽而浪漫的气息。人工建造的雷峰塔耸立在湖区南段空旷的绿地上，诉说着许仙与白蛇凄美的爱情故事。富有魅力的鸣翠湖为有着百年文化历史的河口平添了新的文化内涵，成了城市中一道独特的亮丽风景，吸引了大批游客前来观光游览，迅速成为黄河口地域新的游览品牌。因"两个黄鹂鸣翠柳，一行白鹭上青天"而得名的"鸣翠湖"成了苍茫辽阔的鲁北平原、黄河以北的一颗璀璨夺目的明珠。

在鲁北平原上诞生碧波迷人的湖泊，是百年前的先民做梦也没想到的。

离开鸣翠湖，采风团来到"百年义和历史展览馆"。一入馆厅就看见大屏幕正播放着影视片《解放义和镇》。随着讲解员的解说漫步展馆，"大河息壤""峥嵘岁月""自强不息""和谐奋进""展望未来""将军风采""领导关怀"等9大主题逐一展现，我们心潮澎湃，一幅幅展现义和革命斗争的历史画卷在我们面前拉开了帷幕。

伫立展厅，我们仿佛置身昔日炮火连天的充满厮杀的战场，仿佛听到无辜百姓在遭受蹂躏时的凄苦惨叫，仿佛能感受到血雨腥风中义和人民为保卫家园发出的振聋发聩的呐喊，仿佛看到义和人民在党的领导下如火如荼的抗日热潮。一个个抗日英烈的故事彰显着中华民族有同敌人血战到底的英雄气概和推倒压在中国人民头上三座大山的信心和力量。

展馆设置了实物台和义和庄惨案塑像，还有"解放义和庄""魅力义和"等三段视频展示，全方位多角度地展现义和百年历史、沧桑岁月和发展进程。这个展馆就是一部浓缩了的立体的《义和镇志》，它展示了义和人民不屈不挠的奋斗历程。义和人民经历了血与火，进行了艰苦卓绝的斗争，为保卫家园付出了巨大代价。义和庄惨案是日寇犯下的血案，大屠杀使义和的农商户几近绝迹，觉醒后的义和人民迅速参加到共产党领导的部队，投身到对敌斗争的洪流，许多革命志士迅速走上了抗日战场。20世纪40年代初，杨国夫、许世友、符浩、李丕功、张冲凌等曾在义和一带领导过革命斗争，这里一时成为"革命火种"的摇篮。这里有着天然的保护屏障——芦苇荡，有利于保存革命力量，一度被人们称为"小延安"。

义和人民在党的领导下前赴后继，英勇奋斗，用生命和鲜血谱写了一曲曲胜利的凯歌，激励着人们铭记历史，不忘初心，莫忘国耻。如今，这里已是青少年革命传统教育基地。义和百年斗争史是一座历史丰碑，永载史册。

翌日，我们一行人在义和镇领导的引领下，进入一个个庄园参观。第一站是七顷葡萄园，映入眼帘的是大串大串熟透的葡萄，从密密的叶缝里垂下来，悬挂在横斜的葡萄架上，一簇簇，一串串，红紫透亮，像水晶般圆润，像宝石般透明。这时我想起淄博画家王长亮赠予我的《累累硕果》葡萄主题画，用"硕果累累"形容葡萄园不为过。我想起小时候在小学语文课本上曾读到的天山的葡萄沟，那里简直是葡萄的世界，红紫飘香，各色各样。我看到大家从葡萄架上摘下水灵灵的葡萄品尝，也想尝尝，又不敢下口——我十分忌惮葡萄、山楂之类的酸果。我从童年起就畏酸，见到酸味的食物就直流口水，这种本能的条件反射使我浑身不适，继而呕吐。后来问医生，医生说是"酸过敏症"。因此，从少年时期起，母亲就一直呵护着我，不许任何人给我吃酸果酸食。一旁一位作家见我畏畏缩缩，就说："你不尝尝鲜吗？"说着把一颗绿色葡萄递给我品尝。我一看是绿色的，吓坏了，认为这一定是酸涩的葡萄，倒退几步想退出葡萄园，那位作家把绿葡萄塞进我嘴里，我本能地想呕吐，可无比的甜覆盖了我的味觉，使我接纳了它。世上真有不酸的青葡萄？园主人说："就是这样的品种，看上去是青涩的，但甜度很高，是从新疆天山引进的优质品种。"我长知识了，心中庆幸没有过敏。

虽然我畏惧葡萄、山楂的酸味，但看到亮丽宽敞的葡萄园，茂密的叶子，红硕的果实，也勾起我内心特有的葡萄园情节。葡萄在古代诗人笔下是如此的繁葩芬芳、剔透玲珑，如宋代陆游的《秋思》："露浓压架葡萄熟，日嫩登场�***香。商略人生如意事，及身强健得还乡。"诗中表达了秋天成熟的葡萄的香甜。葡萄带给人们味觉的享受，是供给人们强身健体的仙品。

当眼见葡萄串串簇簇、灵光通透，我自然想起诗人夏言的"碧水含晶，繁星焕彩，寒映冰盘雪。如珠似玉，果中应是魁杰。"还有元代马钰《踏云行》中的"初似琉璃，终成码瑙，攒攒簇簇圆圆小"。葡萄似珍珠赛玛瑙，甜蜜喜人，清爽可口。

看到同行者满怀尝鲜的喜悦，唐代唐彦谦的诗句自然从脑海里跳出来凑热闹，"西园晚霁浮嫩凉，开尊漫摘葡萄尝。满架高撑紫络索，一枝斜弹金琅珰"，也十分形象地表现出秋熟的季节里，迎着霞光晚霁，满园悬垂着像玛瑙一样的葡萄的诱人景象。满架明珠，纤手采摘，甘香入口，香流玉浆，多有诗情画意啊！

园主人非常大方，热情含笑，让我们随意采摘，随意品尝。园内工作人员将紫艳艳、绿登登的葡萄剪下来，装箱打包，以备销售。这丰收的景象使人充满着无限的欢欣和希望，骊珠满筐，醉人的感觉油然而生！

金风吹拂，阳光明丽，葡萄摇曳飘香，在一片片巴掌大的浓密叶子里掩映着的一嘟噜一嘟噜红紫透亮的笑脸，显得更鲜丽了。河口这片神奇而荒芜的土地变了，远远望去是一片繁盛的田园风韵！河口人民的生活也像葡萄一样充实而饱满。据园主人讲，过去这块土地不是这样的，那时一片荒凉，杂草丛生，蓬蒿人高，蔓生的野豆子、蒲公英，满坡的罗布麻棵、野枸杞，还有紫奶子（又名芨其藟、牵牵子，形似野葡萄，滋味又酸又涩），与今日红紫透光的葡萄形成极其鲜明的比照。

这样的美景是昔日的先民做梦也不敢想的。

那么河口这片繁盛而辽阔的土地将来会怎样呢？我眼前仿佛展现出一幅更加动人的蓝图：装满的包装箱堆积如山，一辆辆满载外运的集装箱车队，一座座葡萄加工厂拔地而起……又要诞生第二个"葡萄沟"。

文友们面带甜蜜的表情，想必是醉倒了。久居闹市的烦躁，常踏水泥路面的单调，一旦走入蓝天白云下的旷野，感受到富有诗意的田园韵味的清新气息，是如此的开心、畅达、心旷神怡……人们多么需要一个有山有水、有花有果，西山放马、东坡牧羊的理想休闲之地啊！

为了一睹黄河口苹果基地的别样风采，第三天早饭后，我们一行离开河口宾馆，乘坐大巴车，迎着朝霞，满怀期待走向梁家苹果基地。

一路谈笑风生的文友们，车刚停就纷纷跳下车，饶有兴趣地奔向基地。首先映入眼帘的是一个宽广的人工湖泊。虽是人工湖，因长期遭受雨淋日晒的侵蚀，已斑斑驳驳得俨然一处自然湖泊，看不出人工挖掘的一点痕迹。湖水静如白练，没有丝毫波澜。这野外的无名湖虽没有西湖的婉静、东湖的优雅、泸沽湖的莹丽、兴凯湖的粗犷、大明湖的清澈，却也有几分静如处子的温柔。或许根本没有云水怒涛，或许是专供周边庄园生态灌溉用的蓄水湖，一曲弯弯的护栏廊桥伸向湖心岛，为野外湖泊平添几分浪漫诗意。湖中的鸟类自由自在地飞来舞去，或许它们正要为南迁而做充分的体能训练。仅天鹅就有好几种颜色，白天鹅、黑天鹅、灰天鹅，还有黑中带银白的、白黑相间的，但它们有一个共同点，就是头顶上都有一个大红疙瘩。它们在湖泊里自由来往，闲适极了，无任何压力。湖中心有一岛，成群结队的鸟类相聚一处，开始了各种鸟儿的大合唱，形成一道独特而亮丽的风景。湖泊、鸟群、茂密的花草以及湖畔西侧满园硕果的苹果基地引起了大家合影的欲望，当地作家张艳霞老师提议与我合影，我欣然应允，更有好几个文友也加入了行列，一张张清晰度极高的大小合影由此定格。

放眼西望，映入眼帘的是高高的用墨色书写的"梁家苹果基地"木牌，左侧有两个火红热烈的苹果塑像，苹果塑像的边沿上的黄色果蒂歪向一边，中心位置是空心的。"梁家苹果生产基地"8个红色大字悬在正中心，走近才能看到背面是基地简介。三三两两的文友陆续入园观赏采摘，近距离体验特色农业产业园的独有韵味，深刻领略特有的田园风情。面对大面积的苹果基地，采风作家又来了一次"狂拍"，在树下采摘、俩人勾肩搭背、手拉着苹果枝、手拿一本诗集等，摆出各种姿势，定格在风情无限的苹果基地。大家各自分散，尽情采摘。欢笑声、采摘苹果的声音、咔嚓咔嚓的拍照声和着苹果的清香味，一时出现了合影小高潮。

秋天的苹果基地，别有风韵，浓香飘荡。我们置身果园深处，肆意采摘，尽情呼吸着清爽而充满果香的空气。红彤彤的苹果映红了一张张采风作家的笑脸，甜美的笑声弥漫在苹果基地，令人沉醉。济南作家刘红波摘到一个有疤痕的苹果，品尝后感觉味道格外甜美，她递给《时代文学》杂志编辑李青风老师，李老师咬了一口也感觉比其他苹果甜度高，说起了记忆中一个故事。他说，一场冰雹突降，一个叫扬格的园主的苹果基地的苹果在成熟时被打得伤痕累累。大家都为苹果的销售而忧心时，扬格来了灵感，他照合同原价将苹果运往全国各地。与往年不同的是，每个集装箱内多放了一张纸片，上面写了一段幽默又亲切的文字："亲爱的买家，这些苹果不幸受伤，但请看好，它们是冰雹的杰作，这正是高原地区苹果特有的标志，品尝后你就会知道其特殊的清香味道。"买家将信将疑地品尝后，真切地感受到高原苹果特有的风味，结果扬格这年的苹果比任何一年都卖得好。

"那为什么有疤痕的苹果格外脆甜呢？"红波又催问道。李老师继续说："这是因为苹果被打伤后，果体内的次生代谢功能发挥作用，周围组织可逐渐向伤口包裹直至愈合。这个是营养的调集补充过程，充分地补充了受伤果实的营养和风味，所以果实甜脆味美。"

听了李青风老师的故事，大家长知识了。红波调皮地说："我是想试探李主编的味觉。"说着大家笑了起来。园主帮腔说："冰雹后的苹果无人购买，前几年就遇到过，损失可大了。"身后的一位老作家打趣说："还是标准的果实好，既好看，又好吃；既有视觉享受，又有味觉享受。"

最使我们开心的是采摘火龙果。走进火龙果大棚，一股热浪袭来，棚内温度比棚外高不少。大棚高大宽敞，一片片翠绿色的火龙果叶子排列开来，一股清香味道扑鼻而来。火龙果的叶和茎是一体的，呈三棱锥型，远远望去，一串果实像一条飞舞的火龙，在绿色茎叶中鲜妍夺目，果实像美丽高傲的公主，被带刺的侍卫保护。花是白色的，花蕊略带紫色，有人说火龙果与昙花是近亲，有昙花的特点，但不同的是火龙果的花期较长，不在夜间开放；昙花不结果实，专供人们欣赏，火龙果的果实为人们提供美味的享受。请看诗句：

（一）

夺目鲜妍星剑花，芳香四溢塑篱笆。
夜中绽放开心女，昼里枯萎羞愧丫。
老母量天伸绿尺，娇儿增寿罩红纱。
闲驱浊气幽居净，一道风光无限霞。

（二）

夜间仙子势高昂，洁白衣冠散蕊香。

扑鼻时留安利在，吟声但许雅风翔。

有缘无味成一体，无价三花聚千祥。

犹念吾曹曾共梦，送怀今日几回肠。

据园主讲火龙果原产自热带雨林和沙漠地区，起源于中美洲、非洲，后来由法国、荷兰传入印度尼西亚、泰国、越南等东南亚国家以及我国台湾和海南省。我查阅了大量资料，有诗如下：

（一）

本植非洲大漠间，几经转折到唐山。

红皮鲜片仙人掌，绿角鞭花霸主颜。

昼搏攀缘入巨蟒，夜闲绽放胜娇鹃。

栉风沐雨载棱柱，美馔珍馐不一般。

（二）

沙漠茫茫多异草，台湾宝岛有奇珍。

花开洁白晶莹俏，果熟殷红香味醇。

翡翠缀珠燃烈火，朝霞染叶嵌龙鳞。

国人得福尝佳果，遍地仙株尽是春。

经过了解得知，火龙果分红心瓤、白心瓤，还有黄心瓤，有玫瑰红、鲜蜜红、冰甜白、红水晶、黑龙、黄龙等优良品种。切开看点点黑色的"芝麻"均匀地分布在肉面上，吃到嘴里，甜到心里。真是美馔珍馐，韵味十足，有诗为赞：

> 红袍脱下随口化，黑子如麻甘若饴。
> 百亩飘香金铺满，十年凝紫玉阶蹄。
> 每期高垄寻诗道，偶向蓬门觅画题。
> 宠辱荣枯抛世外，独留情韵写柔葭。

火龙果在人们的日常生活中是一种常见的水果，给人的视觉感受是"摇曳琼花艳，玫瓣裹雪影"，味觉享受是"芳心含芝粒，甘露沁人心"。

在绿色围拢的果园里，一股清甜的味道向我袭来，我看到张老师在僻静的角落，双手托着鲜红的玫瑰红吃着。她像非洲草原上刚吃过野牛的狮子，满嘴血红，吃相虽文静文雅，但一时难以擦拭干净，没能顾全体面。我走上前问道："味道怎样？"她见我前来，微笑着答道："美极了。"我趁她不注意，偷拍了张她的背影留在了手机里。

据园主介绍，火龙果生命力十分顽强，四个月不浇水也不会枯死，随手掰下一段叶子插入泥土里就能活下来。

火龙果浑身是宝，还有很高的药用价值。火龙果含有植物性蛋白，可与人体内的重金属离子结合，起到"解毒"的作用；富含水溶性膳食纤维，有效地防治肠道疾病；还含各种维生素、花青素，具有抗氧化、抗衰老，软化人体血管，保护心脑血管的功能。花可泡茶，还可食用，香味浓郁，营养价值很高。

秋色浓似酒，红叶映碧流。在大巴车上，透过车窗放眼望，沿途河岸一片树海。柿树在霜天里把一身绿叶悄悄染红，这时的柿子像燃烧的火球。脑海里泛起古代诗人"露脆秋梨白，霜含柿子鲜"的诗句。立秋后的白露梨清爽可口，寒露后的柿子红了皮，红艳艳的像一盏盏红灯笼，压弯了笔直的枝条，在秋风中摇曳舞动，分外俏丽惹眼。我坐在大巴车上翻开古诗集，映入眼帘的是赞美柿子的诗句，如黄节的"黄菊已花红柿熟，渐寒人不与秋归"，陆游的"甗炊饱雨湖菱紫，篾络迎霜野柿红"，范宗尹的"村暗桑枝合，林红柿子繁"。

火红热烈的柿子，装点着秋熟的风景。深秋柿子红，"柿柿"如意，也温暖了心情。这天，采风队伍来到光伏发电示范村参观，在义和镇文化站站长引领下，大家进入村妇女主任家后院的花园。园内有许多树干粗壮的柿子树，都有一人多高，顿时吸引了作家的目光。微风吹来，树叶沙沙作响，藏在叶子后面的果实又红又大，硕果累累压弯了腰，大家毫不客气地尽情采摘，不一会儿几棵挂满柿子的树被采摘得精光。妇女主任见自家种植的柿子被作家以稀罕果类采摘，脸上露出了欣慰的笑容，并将我们引入她家宽敞明亮的室内，以名茶招待，向我们介绍村中家家户户发电增收的经验。妇女主任成熟干练的风姿给大家留下了深刻印象。时近中午，我们便离开光伏发电示范村，乘车驰向申丰庄园生态园。午餐间，我把几天来的采风纪行写了十首诗。如下：

义和采风纪行（十首）

鸣翠湖

娉婷鸣翠百态娇，佳话唱断青龙桥。
市民休闲芳草地，鹊桥崛起耸云霄。

瞻仰百年义和历史展览馆

义和浩气血殷红，百年沧桑亲和凝。
誓为牺牲酬壮志，一座丰碑贯长虹。

义和庄惨案

回思忆昔义和镇，烽火燎原志凌云。
百年寻梦书新页，莫忘国耻颂党恩。

七顷葡萄大棚

葡萄自古出天山，独恋河口荒原田。
大棚横斜罩云空，珍珠玛瑙布满园。

梁家苹果基地

垂垂硕果缀满枝，映红荒原一片天。
一流管理多辛苦，科技赢来丰收年。

申丰火龙果

本植非洲沙漠间，几经转嫁义和田。
翡翠缀珠燃烈火，果稔殷红味更甜。

怡丰庄园农场

昔日风沙漫天刮，乡民举目尽黄沙。
精心开发创新路，千古银杉也开花。

年丰蔬菜大棚

棚外寒霜棚内温，满目鲜绿景迷人。
反季蔬菜销四海，丰收喜讯捷报频。

北大屋子垂钓园

稻熟菊香苹果脆，垂钓园里笑声飞。

供人休闲养心处，现代生活使人醉。

秋野

风吹碧野爽人神，柿子石榴映彩门。

谁言秋日暮色残，秋歌一曲壮诗魂。

河口博大的荒原，三角洲腹地的义和，广袤无垠的土地。近百年来，在这片神奇的土地上，几代人奋力创业、开拓进取，奠定了发展的基础。随着改革开放的深入，义和人民迎来了新的发展机遇，义和发展势头蓬勃，崛起速度惊人，现在已成为"省级文明镇""省级卫生镇""全国环境优美镇"。义和这个响亮的地名，这片人们钟慕的神奇而美丽的土地，苍茫而雄阔，聚方圆灵气，凝天地精华。在义和，秋天里那五彩斑斓的景色让我着迷，秋天里硕果的胜景让我留恋，秋野间稼穑成熟的韵味让人心动，秋田里瓜果飘香的气息让我沉醉，义和的秋景是一幅动人的丰收画卷。

沐浴在秋日的阳光里，呼吸着清新的空气，昔日广袤无垠的洪荒原野上，而今处处飘溢着幽幽醇香。渤海风，黄河涛，高天厚土，仁和义气，造就了得天独厚的风水宝地。田园牧歌，林蕤果硕，渔鸟繁盛，阡陌纵横，百业昌盛，经济腾飞。义和精神，赶先创优，正以崛起之势，扶摇直上，展翼腾飞。看，一方热土藏龙卧虎脱颖而出！望，黄河尾闾田园风情绝美扬馨！

2019 年秋

第三辑

红尘回放

美好的回忆，是令人欣慰的，品味出满满的人生哲思

剜野菜

春和日丽,春意荡漾,我来到了小清河北岸的雒家洼。放眼四望,平畴野外、沟头崖岭,处处弥漫着春的气息,透着一种特有的生命活力。

雒家洼是我熟悉的地方,这里有我美丽的童年,也有我辛酸的少年。石村苗圃,这座在雒家洼南部的园艺场是 20 世纪 50 年代建设的。在苗圃附近,有些或是游玩,或是踏青的人们,正在新奇地寻找绿油油、水灵灵的野菜。这一剜野菜的景象,勾起了我一段辛酸的童年回忆。

我出生在 20 世纪 50 年代的乡村,那时候物质生活非常匮乏,正赶上三年经济困难时期,人们吃糠咽菜,每人每顿口粮二至四两。在那生活艰难的年代里,野菜自然成了人们的救命粮和生存的希望。在我的记忆里,每年开春,雒家洼里遍地生长着绿油油、水灵灵的野菜。从五六岁开始,我几乎每天都跟随大人或是村里的小伙伴到雒家洼去剜野菜。为此,母亲给我缝制了一个小布兜,我也把每天剜一兜野菜作为了一项任务。父母在队里干活，每天家里的每顿饭都靠我剜野菜。母亲把连茎带叶的苣苣菜、青青菜、夫子苗等切好，和上玉米面、地瓜干面做成饭，全家人就以此充饥。那时候，空旷的雒家洼生长着多种野菜，但因生活逐渐困难，剜野菜的人多了，野菜越来越少，我大半天才能剜半篮子。等到野菜快采完了，人们又盯上了蓖麻叶、榆树叶、槐花、榆钱、榆树皮。石村苗圃的园林里有各种各样的树木，其中有一片较大的榆树林，几天工夫，榆叶就被人们偷采得精光，像遭了蝗灾一样，光秃秃的。榆叶被偷采光后，人们开始偷扒榆树皮。我们见大人偷采榆树叶、偷扒榆树皮、上树钩槐花，也想试试。有一次，我约上几个小伙伴，瞅着苗圃看守人员不在，就悄悄地溜进园去，爬到槐树上钩采槐花。我们定下暗号，看见有人来了，就吆喝一声。遇到这种情况，就须迅速下树，心情自然慌张。记得有一个小伙伴急着想要逃走，一慌神跌下树，腿、腰都跌伤了，胫骨、腓骨都骨折了，瘫在地上一动不动，脸色蜡黄。后来住院，治疗好了，但在以后的生长发育中他仍受到很大影响。这件事一直存在我的记忆里。我们这一代人几乎是吃野菜长大的，野菜也练就了我们的坚强和毅力。

时光荏苒，时代更替。很多童年的生活已成模糊的记忆，但"野菜记忆"是清晰的，在脑海里已打上了深深的烙印。野菜永远是青绿的、鲜活的，它养活了我们这一代人，是我们生命的依赖，生活的眷顾。回顾往事，那久远的故事仿佛又清晰地展现在眼前。每当我看到剜野菜的身影，就倍感亲切。虽然现在吃野菜的生活已成为历史，但我们要珍惜今天，莫忘过去。

2017 年春

柳笛

　　"嘟嘟——嘟——"楼下吹响了柳笛。这熟悉而遥远的声音和着暖融融的春风，飘进我临街的窗口，引起了我淡淡的思乡之情。我快步跑上阳台，在撩人心绪的柳笛声中向着笛声远去的方向眺望。

　　一曲柳笛勾起了我童年的遐想，使我陷入了如梦如幻、朦胧而又清晰的童年的酣梦中——穿过碧绿的田野，透过春日的阳光，我分明看到了贫瘠的黄土地上的那个村庄，看到了村旁河畔的那片柳树林，看到了住在柳林下的罗伯伯。

　　三月里，春风来，野花遍地开。这时候，柳条儿便憋足了劲儿，墨绿中渗出几分春意，眨眼间又鼓出了点点叶芽。柳色黄嫩了，这时候就可以做柳笛了。折一截柳条，轻轻拧一拧，把里面滑溜溜的白骨抽出扔掉，再用小刀稍加修整，一只柳笛便做成了。

　　于是村前村后，此起彼伏地响起了柳笛声。

难忘，绚丽的晚霞里，童年的我坐在门前，鼓起腮，吹了几下柳笛，便有一群伙伴聚拢而来，开始吹笛比赛。笛声最响最长的当然是冠军，那气派、那笑声，至今常会浮现在眼前，回响在耳畔……

过上几天，洁白的柳絮就随风而舞了，罗伯伯就会捋着稀稀疏疏的胡须，给我们讲起老柳树下的故事。在那个年代，大人们是没有兴致玩柳笛的，为了糊口，母亲总要我带上幼小的妹妹采一些柳叶，再寻些野菜，回家放在水里泡几天。之后将泡好的野菜揉成团，放在锅里，青黄不接的季节就是靠柳叶和野菜度日的。那些日子，母亲总是教我和妹妹唱一首歌谣："柳芽心呀，灿灿黄，盛在碗里就是粮……"

母亲教唱歌谣的目的显然很清楚，是让我们不要嫌弃以菜代粮的艰苦生活。在那艰难的年代里，有野菜、树叶充饥，就应该感到满足。

这首歌和着深深的苦涩，印在我脑海里，至今难忘。可以说，柳笛娱乐了我那清贫的童年。

后来三年经济困难时期过去了，我上了学，再后来参加了工作，至今已是40多岁的人。然而不管我到哪里，身在何处，总有一支柳笛在我心里呦呦地吹着。

前些天，我见到了当年的伙伴，提起柳笛的趣事，我问他们：还喜欢柳笛吗？

他们感叹地说，都大了，都忙啦。如今孩子们的玩具是我们那时想都不敢想的啊！但愿他们喜欢柳笛，但愿他们不再经历那样的年代。

我欠下身，折一枝柳条，做几支柳笛。再鼓起腮，试吹几下，果然清晰、悦耳、动听。我仿佛又回到了童年，又看到一群顽童在柳林里奔跑、欢叫……

2000 年春

博兴行

　　五月的一天，春风和煦，阳光明媚。我与孙老师承蒙县政协文史委的委托，采访收集吕剧文化的有关资料。一大早我俩便踏上了去博兴的行程。

　　说起博兴，我对它怀有特殊的感情，因为我的启蒙老师都是博兴籍的。博兴是千年古城，有着悠久的历史、灿烂的文化。在我童年的记忆里，"博兴"一词具有极崇高的地位。听人说，博兴是文明礼仪之地，文化源远流长，人杰地灵，物产丰富。随着博兴、广饶文化的多年交流，我对它的崇拜在心中自然而然地生根发芽。广、博二县地域相连，为了自由支配时间，我们便骑车沿路长驱直入。

　　一路上，乘着迷人的春色，拂着醉人的春风，我们二人围绕着博兴话题来了谈兴，从马千里到杨国夫，又谈到了博兴的民俗风情、传统文化。我们打算瞻仰老古槐，打探孝子董永的传说，再顺便去湖滨采访当地会柳编和纺织老粗布的手艺人，也顺便写

144

点东西。沿途的自然风光，崛起的企业，古老的河流，纷纷映入我们的眼帘。看到林立的企业厂房，自然联想到博兴的经济发展。

近几年，博兴的经济发展加了挡，"学曹王、赶兴福"的春风时不时地从西边吹到广饶，崛起的皇冠、京博、香驰……像龙头一样带动着当地的经济腾飞。尤其是每年一度的国际小戏节，更提升了博兴的外部形象。

提起国际小戏节，便勾起了我的一段回忆。大约在2003年，应朋友之约，我去过一次，记得开幕式会场设在马踏湖湖心岛。五月的马踏湖景色优美，通往马踏湖的道路两旁插着五色彩旗，自县府街一直延伸到马踏湖边。当时我们只带了相机，没带记者证，交警还是让我们进了演播室后会场。当时规模之宏大，场面之壮观，气氛之浓烈为历届之首。国内外明星、著名主持人纷纷争相登台展示风姿。郎咸芬、马金凤、李炳淑、李岱江、宋昌林、李嘉存、孙振业……一时群星灿烂，名人荟萃，还有韩国、巴西、海地的戏剧爱好者。记得有一位年轻的女县委书记在开幕式上讲话，声音洪亮高亢，富有感染力。我想她肯定本领超常。不过这是三年前的事了，已尘封于我的记忆中了。

我俩边走边聊，不觉进了横跨张北路的立交桥，我们登上去府前街的公路大堤，一座美丽幽静的城市映入眼帘。条条繁华的街衢，鳞次栉比的楼房，布满街畔的摊位，林立高悬的门头，如鱼穿梭的车流、人流，构成了一道异乡独特的风景线，古老的县城正展示她崭新的风姿。

原载 2004 年 5 月《广饶大众》

瓜情

　　三年经济困难时期，家家户户粮食短缺，吃糠咽菜，许多人家在夏秋季节常常以番瓜当饭，聊补缺粮之炊。

　　我家有东西两院，东院空旷，土质肥沃。初级社时，家家户户粮丰屯满，院落闲搁，经济困难时期，东院成了父亲的瓜园。父亲是种瓜能手，清明节后，父亲把地整平荡细，筑上小垅，施足底肥，然后把预先育好的各种番瓜秧苗，按株间距合理地移栽到小畦内，早晚浇浇水，过几天瓜秧子就"还魂"。随着气温的升高，瓜叶渐渐放大，长出瓜藤，横七竖八地交叉延伸。瓜叶子很阔大，白色的脉络像花纹一样镶嵌在翠绿色的叶面上。黄色的番瓜花颜色那么纯正，鲜艳醒目。番瓜花有"实花"和"谎花"。实花开时授上粉，就能结出果实。小瓜一天天长大，一棵藤能结好几个瓜，平时被密密麻麻的瓜叶子遮蔽着。骄阳似火的中午，瓜叶被晒蔫了，大瓜、小瓜裸露在整个院落，煞是喜人。

　　番瓜有多种吃法，或做面头子，或做番瓜面条汤，或做番瓜糁子团。瓜子洗净后晒干存起来，隔三岔五炒一次，吃起来很有味道。如今粮食多起来，人们生活水平提高了，以瓜代粮已成为历史，番瓜已不是人们青睐的菜色。但经历过番瓜当饭的我对番瓜仍有一份"旧情"，因为困难时期它和我们渡过了荒灾。我坚持每年在小院里种番瓜，待瓜长大后，总要摘上个大的尝尝番瓜的美味。

原载 2000 年 6 月 14 日《东营日报》副刊

县令葬礼

　　古代有一位县令，勤政理事，清廉为官，日夜操劳，体恤民意，对待下属和仆佣都很好，因劳累过度，累死在任上。他的妻子家人都还在官衙内，却没有下属和仆佣前来吊唁、安慰他们，勉强叫来几个也显出了令人厌恶的嘴脸，再也不像从前了。邻县官员、上级州府司职官员也都未到场，葬礼冷冷清清。他妻子非常气恼，在他灵前凄声大哭，一边哭一边诉说："我公公（县令之爹）殡日那天，全县大小官吏前来吊唁，祭灵的浩浩荡荡，一波接一波。而今官人已殁，竟都不上门了，太无良心了！"哭着哭着，累了，朦胧中睡着了，依稀听见县令对她说："这些人没良心是正常的，人就是这样，人走茶凉是常理，革职查办远躲避。更何况我已去世，对他们来说已无用。指望他们报答是错误的，责怪他们辜负恩情更是妄想，殡礼冷清实属正常。"他的妻子一下子明白过来，不埋怨了，也不气恼了，擦干泪水，面对现实，冷静对待，低调办理了县令的葬礼。可谓：

世况愈下人情薄，
宦海官场亦自多。
同时一家殡葬礼，
县令礼少县父多。

2014 年秋

贾李白对楹联

　　从前有一位贾姓秀才，擅长吟诗作对，也撰写过几本书，在当地颇有些名气。他自恃学问高深，自称"诗仙李白"。有一次，这位秀才携娇妻访友归来，见小清河边有许多钓鱼的人在垂钓，勾起了他的一番情趣，也想试试。娇妻问他："你会吗？"他说："这有何难？童叟都会，何况我哉？"说罢，打开鱼竿装上诱饵，来到河边。

　　河边那些钓鱼人见来了一位秀才都很惊奇，而他却自恃技高，大有不能与之并列垂钓之感，独自走到一边抛饵垂钓，静候大鱼上钩。大半天过去了，秀才见别人钓的是硕大的鲤鱼、草鱼和鲫鱼，而自己却钓了一串又短又小的鲇鱼、黄鳝和泥鳅，非常生气，只好收竿回去。刚走几步，一少年樵夫提着一条大鱼迎面走来，见秀才手上的鱼串，忍不住"扑哧"一笑，说："听说先生自称'诗仙李白'，恃才傲物。我出一上联，你若对出，我将这条鱼送给你，怎样？"秀才一听不禁仰头哈哈大笑，说："小小少年，如此轻狂，只懂砍柴，有何学问，竟不知天高地厚……"少年樵夫说："先生别笑，听我上联，'鳝长鳅短鲇有须，一串无甲'。"秀才听后知道对方是在戏弄自己，非常生气，低头沉思，仔细思虑，百般斟酌，反复吟虑，眼看日落西山了，还未想出，又气又急。少年樵夫见状，高兴地走过来，当众说："秀才被我难住了！"

秀才回到家中寝不安，饭不思，日夜冥思苦想，怎么也对不出下联。不久，这位闻名当地的秀才因对不出少年樵夫的下联，思虑过度，钻入牛角，抑郁成疾，羞愧而殁。

秀才死后，他的妻子按其遗嘱，在坟前立了一块石碑，将上联刻在碑上，望过路的人赐对，谁对上了妻子就嫁给谁。从此以后，来碑前观看和凭吊的人络绎不绝，一些文人墨客也听闻而来，但从来没有人对出，此联被认为是"绝对"。后来这事传到一老渔翁耳朵里，他外出打鱼时，特意赶来，看后不屑一顾地说："我还以为什么绝对呢？这不很容易吗？"接着他沉思片刻，吟道："龟方鳖圆蟹无尾，三甲多爪。"众人看后，觉得上联构思奇特，长、短，有、无，四字相对，下联方、圆，无、多贴切扣题，连称"妙对"对"绝对"。秀才妻子得知"绝对"有了下联，异常喜悦，急忙赶来询问老渔翁尊姓贵名，想以身相许，圆秀才之梦，释秀才之怨。老渔翁看了看秀才妻子，笑了笑，提起鱼篓头也不回地走了……

后来，秀才妻子从别人口中探听到，这位渔翁是一位江湖诗人，为人低调，从不张扬，名叫甄李白，人称"江湖李白"。可谓：

自古李白有真假，
实情难辨皆自夸。

"诗仙李白"难续联，

"江湖李白"顶呱呱。

2014 年秋

老先生狂草戏财主

　　雒明伦（1843—1917），字敦五，又字正甫，斋号蕴翰斋，袭封圣公府诗礼堂启事官，山东省乐安县（今山东省东营市广饶县）雒家坊子人，清代廪生。自幼受过严格的私塾教育，书法底蕴深厚，无论隶、行、草等都有深厚的功底，尤擅狂草、行书。他与当时的私塾名师刘半年是诗书好友，常与之吟咏唱和，和韵酬答。因年代久，留存下来的作品大多已失传。他曾在雒家坊子、桓台、大营等地办私塾多年。清同治年间曾与当时名流秦翰章、靳万溪、李汉江、李连岫、牟振安、张升堂、雒传绪、许锡三、李岱云、李景江等 20 多人筹资办出版，刊印《太上感应篇》《御制劝善要言》《金科玉律》《文昌帝劝孝文》《东岳大帝回生宝训》《文昌帝君遏欲文》《绅阳祖师延寿育子歌》《戒赌十条》《青阳祖师劝世歌》《二十四孝》等，现仍有残卷多篇。对传统文化、孝悌文化、世俗文化等儒家文化的传播起了很大的作用。其中《御制劝善要言》序为雒明伦手书，字迹清秀俊逸，脱俗潇洒。出版机构乃"板存雒家坊庄""雒家蕴翰斋"。有一则轶闻"雒明伦狂草戏财主"流传至今。

故事发生在光绪末年，雒明伦的儿子雒绥之在博兴龙驻河一带教书的时候，当地有一财主的父亲殁了。财主为了炫耀自己的富有和威风，要排丧五日，举行一场隆重体面的葬礼。财主家邀请当地有名气的阔佬乡绅、文人秀才等来府上以壮体面，以示富有，雒绥之也得到请柬，五日后出席葬礼。这天，各路名流到齐后，财主说要举荐一位书法功底好的先生做里柜，众人一致推举雒绥之掌管。他说："高手林立，莫敢当。"再三推辞，盛情难却，他又说："我父亲做这事是轻车熟路。"众人当即答应让其父亲前来。他连忙赶回家，将此事告诉了父亲，让父亲未时按时到场。

雒明伦一身简装，骑着毛驴快速赶到财主府上。财主一看是一位穿着粗俗的乡下秀才，认为只是粗通文墨的人，接待上并不热情，厅堂上那些乡绅阔佬、秀才文人、达官贵人也很瞧不起雒明伦。财主本打算换人，临近发丧，暂无合适人选，只好作罢。

一会儿，唢呐哀乐响起，吹吹打打的葬礼开始了。雒明伦被安排在外柜作祭单书记员。大户人家，亲朋好友众多，前来祭灵的人接踵而至，雒明伦一时忙得不可开交，但里柜的乡绅秀才闲坐着，厅堂里的雅座上，那些阔佬富豪、达官贵人在慢慢品茶、高谈阔论。雒明伦有一种莫名的被戏弄的感觉。随着葬礼的紧张进行，他在礼单上加快了书写速度，用上了他擅长的狂草。

丧事风风火火地结束了，祭礼账单记了厚厚的一摞，他结账后急忙离场，不辞而别，快速回家。

财主家收拢账单后，一看外柜记录是狂草，全看不懂，便说："一定是那土秀才所为，找他算账。"有一位在当地很有名气的乡绅说："使不得,他的狂草很在体,功夫很深,有张旭、怀素遗风。"同财主商量后,他们打算再次邀请,重摆宴席,看情况决定是否要向雒明伦算账。

财主二次摆宴,雒明伦被邀府上,并被尊为座上宾。那位很有名气的老乡绅说:"东家葬礼忙乱,慢待了先生,我代表东家及各路名流向先生道歉。今天当着大家的面,您把账单清清楚楚地交接好,众位先生要瞻仰瞻仰您的墨宝。"说着,流露出鄙视的目光。雒明伦见状明白了,众秀才个个傲慢,正是准备取笑自己。他当即流畅地念完账单,拿起笔,铺开纸,饱蘸笔墨,挥毫泼墨写下了"以礼相待"。众人见字迹雄浑大气,遒劲苍凉,齐声称赞。很有名气的老乡绅提议为自己写一幅狂草,雒明伦问:"写什么?"他答道:"随便。"雒明伦挥笔手书"谦者在上",四字笔走龙蛇,跃然纸上。财主又要求写一幅与"寿"相关的五字楹联的狂草,他又下笔狂飞,恣肆汪洋,写下了"龄同白鹤岁,寿比神龟年",戛然搁笔。十字飘若浮云,矫若惊龙,在场的众秀才被镇住了,财主满意到了极点。那位很有名气的老乡绅说:"果然是高手,有张旭、怀素之风,当之无愧。"大家取笑雒明伦的念头飞得无影无踪。

其实,在中国的传统文化中,"鹤""龟"虽与高寿相关联,却暗含不祥之意,"鹤"即驾鹤西去,"龟"即乌龟王八。故事过去一百多年了,至今流传甚广。此谓:

衣冠楚楚草包身,简装衣洁功夫深。

世人都认衣和貌,珍珠岂能鱼目混。

2014 年 5 月

人到中年

　　多梦的童年生活已那么遥远，充满青春活力的岁月已时过境迁。就把美好的过往珍藏在心间，尘封起来供给回忆吧。为了生存还得迈开坚定的步子，在充满艰辛的人生道路上继续跋涉。

　　忆起小时候，父母总是把我捧在手心，百般呵护，宁可自己节衣缩食，也让我吃得好一些，穿得好一些，少受些委屈。每天早上都做好香喷喷的饭，才把我叫醒。父母喊叫"吃饭"的声音，是多么亲切，包含着父母对孩子的多么深厚的爱意。现在，我自己的孩子都上学了，自己也是每天等老伴做好饭才叫他们起床。每当叫孩子时，父母催自己起床的亲切喊声又响在耳畔，那温馨的情景又一幕幕涌现在眼前，两代人呵护孩子的行为是那样惊人的相似。我要跟父辈一样，勇敢地担起培育儿女的重担。

　　我家有着供孩子上学的良好传统。我的父母都识字不多，他们生活在 20 世纪二三十年代的动荡时期，那时，日本人"扫荡"、抓壮丁，闹得鸡犬不宁。学校解散，私塾先生逃难，穷人的孩子生活在艰难的环境中，求学无望。父母渴望上学的梦想随着现实的残酷化为泡影。中华人民共和国成立后，他们虽然上过几天识字班，但斗大的字也识不了一布袋。父母一生虽然生活艰苦，唯独对孩子上学一事倾力支持。少年时代父母供我上学的情景仍历历在目——他们早早地给我交上学杂费，时不时地请教老师，了解孩子的学习情况，见了老师像见了心中的偶像一样百般敬重。我想，这也许与他们的人生经历有关，他们没文化，算盘不会打，吃了亏还不知道，任人宰割，或许有更深的体会我不知道。父母这种朴素的做法，明显地告诉我们：上一代人吃尽了没文化的苦头，这样的悲剧再也不能在下一代人身上重演。我清楚地记得父亲送我上学的情景，清楚地记得父亲嘱咐我好好学习的话。在那个年代，尽管生活不富裕，但父母供孩子上学的决心坚定不移，雷打不动，这种优良的家风传承给了我。

现在，我自己的孩子快到学习的关键时刻了，也就是说花钱的日子来到了。子女上学是一笔很大的家庭开支，学费、文具费、考试费、住宿费、伙食费等让人愁眉不展。孩子零花钱是小事，主要考上大学需要准备上万元的学杂费，全靠家庭提供。为此，得处处精打细算，时时节俭。作为中年人，还得照顾双亲。这也许是每一个中年人都面临着的现实，都得默默承受。上有老，下有小，教着书，种着地，还兼管着学校的医疗卫生工作，只是为了让老人安度晚年，颐养天年，为了不让孩子过早地为家庭分忧。老人要孝敬，儿女要抚养，这是中年人肩上的责任。

说不清是自己选择的职业忙，还是这个年龄事多事杂。医生被人们称为"生命的保护神"，这美誉，美是美，但人命关天，责任重大，不能拿病人的生命当儿戏。从事医疗卫生工作必须有良好的职业道德，严肃认真，把病人看作是自己的亲人，上班必须打起十二分精神为病人诊断查病，来不得半点马虎。

8 小时工作后的时间，其他人可以散步、看电视、做喜欢的事，而我除了为家庭生计操心，还得为白天遇到的疑难病例赶写临床论文而挑灯夜战，翻阅资料。中年人啊，你就是作家谌容笔下的《人到中年》中的陆文婷。

回顾逝去的岁月，有时觉得人生很累，时常感叹唏嘘少年的美好，也在怀恋那饱食终日、无所用心的童年岁月。不过，我不愿虚度时光，也不愿放下手中的事业，即使跳槽去当一名作家，也难以抛下自己身上的重担。还得鼓起勇气，扬起风帆，向着自己认为的美好彼岸行驶，也许这样才是最充实的人生，也许中年人的美就是充实。

2006 年初夏

姓氏的烦恼

　　姓氏是标示家族血缘的符号，对一个人来说是最重要的文字。我的姓氏"雒"是人们陌生的姓。

　　在我童年的记忆里，总认为我同"张王李赵"一样，随处都可遇到与自己同姓的人。随着时光的推移，学历的增加，视野的开阔，才发现"雒"姓是极为罕见的姓氏。高中时代，我所在的高级中学只有我和族胞雒安国姓雒。读函授大学时，几千名同学中，除我之外，竟无一人姓雒。就连"雒"读什么音，多少笔画，偏旁是什么，都很少有人知道。因他们的错误回答，一时间，我竟怀疑自己知道的笔画、读音有误。为此，我开始了对雒姓的探源寻踪。打开《百家姓》没有，翻开《中国姓氏寻根》没有，《中国姓氏拾遗》也没有，每天众多的报纸杂志中的作者姓名、影视演职员表、文化艺术领域内的名人、名家、明星更是毫无踪迹。据某位雒氏族长说，雒姓在全国是极为罕见的稀姓，祖上居于陕西泾阳县，明朝洪武四年（1371）由直隶（今河北省）枣强迁徙至雒家坊子。多年来，我总渴望能遇上雒姓同胞，我虽没有走遍天涯、踏遍海角，也曾走南闯北，到过不少地方，接触过众多的人，寻"雒"从未间断，却一直没有遇到。

据说，过去在临朐县杨善镇有一户姓雒，独姓单丁，不知什么年间、从哪里流落到山区，过着孤独的生活。村里人都说："老雒！你那个姓定然是写错的，我们不知是个什么字，也没听说过有你那个姓。"此人十分孤寂苦恼，因周边村落也无族人，准备改姓。我村村主任因公出差时听说深山里有户族人，前去拜见，族人十分高兴。自此之后，他放弃改姓，系上了世谱。

强烈的好奇心和责任感激励着我，寻根的梦想驱使我，寻祖的决心鼓舞着我。2001年暑假，我与同伴打好行囊，走山西，下洪洞，踏上了长长的寻根路。几天的颠簸后，带着旅途的疲倦，我们来到了洪洞县，又驱车前往"寻根接待站"。接待人员领我们去当年移民的迁徙地——大槐树老鸹窝。老古槐枝壮叶茂，黄帝塑像威严而慈祥，前来寻根祭祖的人比肩继踵，参拜不绝，场面宏伟壮观。我们在管理人员的接待下见到了雒氏祖先，拜谒后我们欣喜若狂。据管理人员讲，洪洞周边地区已无雒氏住户，据传晋西、晋西北一带有雒姓族人的聚居地。我们驱车爬坡向西北挺进。山路崎岖，山峰嶙峋，一山穿过一山，沿途遇到古迹遗址、碑碣石刻、大村小户，无不停留，逐一巡查打探。名人史料、家族、谱牒逢人就问，曾有雒氏住过的村庄也一一探究。经过几天的折腾，人困马乏，一路下来"两手空空"，连个雒姓的影子也没有找到。某天时近傍晚，我们又登上山峰，西北一望，重峦叠嶂，荒山野岭，草林丛生，空无人烟。据当地人说，山中常有凶猛野兽。"其上深山幽林逾峭险，道狭不可穷"，身处此地，着实让人心惊胆战，凄神寒骨。自觉不可久留，我令司机调转车头快速下山。

自此后，我不敢再寻祖溯姓，安然上班下班。不过现实生活中的遭遇确实给我增添了无数的烦恼。有一次我与同学去济南看病，在医院挂号处，工作人员说："请报姓名。"我说："我叫雒漓江。"工作人员把"雒"写成了"罗"，我说不是"罗"，她又写成了骆驼的"骆"，我照样说不是。她好像忽然想起了什么，说："《百家姓》中有'乐于时傅'，'乐于时傅，皮卞齐康'嘛！百家姓我都背诵过了，是快乐的'乐'，我是标准的《百家姓》通，这次再也错不了啦！"我又马上说："更不是。"她的脸色一下变得不耐烦了，说："落后的落、强弱的弱，到底是哪个？"她把笔给我，我方方正正地写了"雒"字，她看罢便说："我在挂号处多年了，百家姓上的姓都写过，从来没见过它，没听说过，也不会写。"工作人员很仔细地填写了挂号证。这一番动作，让我在挂号处足足浪费了40分钟。我同学开玩笑地说："多亏不是急病，否则就驾鹤西行了。"

每每出差住宿登记、入学报到、开会点名，次次不是错写，就是误读。

我卫校毕业那年，在一家县级医院实习，填写鉴定评语的工作人员竟把"雒"写成"雏"，几经周折才得以纠正，这是我第一次被改姓。1977年招生制度改革，全国恢复高考，我被招到山东省教育局（当时的称呼，现为山东省教育厅）参加招生阅卷，在惠民地区（今滨州市）教育局会议大厅里，行署专员点名时竟将"雒"误读为"维"。因为阅卷人员名单都连在一起，当点到名字时，我自然知道是自己，这是姓氏又一次被改。1988年，我在市联合大学进修中文，我报到签名后，在场的各位老师都不认得"雒"字，学员中就我一人是雒姓，辅导老师查了好几本字典才找到，但却把"雒"字的左偏旁错写为"名"了，雒姓第三次遭遇尴尬。

雒姓成了姓氏中的"珍奇动物"，因笔画多而常被误读错写，给我带来了无尽的烦恼。当与同事说起此事时，同事打趣说："谁叫你姓雒，赵钱孙李遍地是，也没这事那事。"说罢一齐笑了起来。

为了神圣的雒姓，寻祖溯姓带来的苦也无怨，生活中带来的麻烦也不烦恼，我要立足教坛，把手下的学生培养成英才贤士，为雒姓族人增光添彩。

2022 年秋

私塾先生受审记

　　清末秀才雒维训是一位私塾先生，为人厚道，乐善好施，执教严谨，教学有方，曾在我们村和东关村教书多年，以善育桃李而受人尊敬，因长于讲授经学而闻名小清河两岸。

　　一天，一伙不法商贩从盐场向南偷运食盐，为蒙混县衙的检查，将食盐装入乌盆乌罐（土窑烧制品），冒名卖乌盆乌罐。雒家坊子地处驿道要路，是通往县城的必经之路，这一伙人到达雒家坊子时已是傍晚，客栈已住满行人，正好碰上回家的雒维训，他们恳求先生留宿一夜。乐善好施的雒维训见是路人寻宿，当即答应，说："在我书房过夜。"并提供食宿方便。第二天，商贩走到县城被衙役截拦，发现盆罐内装有食盐。私下贩盐是犯禁的，在公堂审讯时，衙役问是谁指使，他们为了逃避官方的审问，都统一口径说是北部的一位老私塾先生，叫雒维训。他们认为乱说一通蒙混过关，官家也就不追究了，谁知雒维训被传到公堂。雒维训来到公堂，才知道昨天他留宿的是一伙商贩。商贩们见雒维训真到场，就乱咬说雒维训是指使者。雒维训当场辩白，说："绝无此事！昨天客房已满，他们无处投宿，我善心善意留他们一宿，与他们素不相识，怎么是我主使呢？我是一介书生，多年教书授徒，怎么与奸人为伍？请大人明察！"这时，东关村的乡绅郑大人（郑十一）听说教书先生雒维训被贼咬着，一夜之间由文弱书生变成贩盐的奸商魁首，赶来替雒先生辩白、作保。雒维训在东关村教书多年，在当地有良好的名声，郑大人深知雒先生的品行为人。最后，雒维训安然回家，不法商贩受到了应有的惩处。雒维训的善行善报流传至今。此为：

　　善行善报人称誉，恶行恶报食其果。
　　刁钻劣顽术不正，忠厚先生福自多。

2014 年 5 月

　　注：雒维训，清末秀才，在家乡教私塾多年，闻名小清河两岸。去世后，其弟子为追忆培育之恩，自发募捐为其立碑（残碑犹存）。碑正面刻有"儒林众望"四字，背面刻有 100 余名弟子姓名及立碑时间。

秋天里的思念

　　秋来叶落凝成思，滴滴情泪人不知。春夏秋冬，四季更迭。春天，冰雪消融，春阳和煦，一派勃勃生机。夏天，高阳正午，蝉声阵阵，树木葳蕤，郁郁葱葱，遮住了火热的阳光。冬天，北风狂啸，瑞雪纷飞，洁白的世界里，孕育着来年的又一轮回。然而秋天，雁阵南归，落日薄霞，每当瑟瑟秋风掠去片片秋叶，斑斓辉煌的底色浸染了心情，总感到淡淡的忧伤、薄薄的哀婉、苍凉的凄切、隐隐的愁绪袭上心头。

　　一年没有动笔了，当吟唱起李煜的"一重山，两重山。山远天高烟水寒，相思枫叶丹。菊花开，菊花残。塞雁高飞人未还，一帘风月闲"时，我又想起了曾经一起采风的各位作家。在这其中的你可曾知晓，我的思绪默默疯长，美好的画面一幕一幕在回放。秋天里的梦是成熟的梦，秋天里的相遇是成熟的相遇，梦境是虚幻美好的，浪漫曼妙的，你的身影在歌舞，我却满腮泪痕，也许是思念太甚吧！

思念你不是因为你是一个楚楚动人、娇羞妩媚的美人，而是喜欢在一起时的倾情倾心。作家，都是境界至高的文化精英，而你是一个富有激情和魅力的作家。多次的相逢，心灵的碰撞，纯情的交流，气质的吸引。从北国到江南，从西塞到黄河口，从唐都到津港，从西双版纳到蒙古大草原，从羲皇故里到泸沽湖，我们有形影相随的默契。

我是一个喜欢孤独的人，独行在树林间交叉的小道上，闭上双眼，能够感觉到秋叶簌簌，怡然飘落湖中，晕开一道道涟漪。此刻，我仿佛置身于大海边。我目睹过碧萝青黛、静蓝清澈的漓江，观赏过水练如镜、风景迤逦的西湖，梦中似乎看见了壮观辽阔的"大海"。

梦里泸沽湖的水真蓝啊，蓝得仿佛是一块毫无瑕疵的蓝宝石，湖水清澈得似乎能见到龙王的水晶宫，清澈得仿佛可以看到湖底的童话世界。梦里的湖泊真辽阔啊，从湖的这一边看不到湖的那一边。也许思念是辽远的……

望着飘浮在水面上的一片落叶，我瞬间联想起晚霞时分归来的白帆，你旷达激情地站在挂着白帆的泸沽湖游艇上，深情地高唱《月光下的凤尾竹》，美妙的旋律响彻整个湖畔的苍穹，离抱翠拥绿、碧萝披拂的湖心岛上的我越来越近。我似乎已经看到你热情洋溢的笑靥，闻到一丝温馨而亲昵的气息。

当我还沉浸在梦的美好涟漪中，又似乎置身在美丽的西双版纳的热带森林里。林中高树上传来几声清脆悦耳的鸟鸣，把我惊醒。再看凉亭附近，水面上漂浮的那一片落叶，早已被乍起的微风吹得无影无踪，女神的影子，瞬间从我眼前消失，我心里顿时产生一种迷茫和失落。

人的一生，经过春日细微的呵护，夏日热烈的拥抱，就到了秋日。虽说秋日胜春朝，能给人以秋天成熟的欢欣，但秋叶在秋风萧瑟中静静飘落，自然会引发人们的悲戚。人的一生呵！如此简单，如此短暂。

哪里有净土，何处有香丘？些许烦恼，满怀思绪，任凭哀婉的思绪回肠百转。一场秋雨的洗涤，心绪平静了些许，此时的语言又苍白无力。心灵上沉溺着情长，秋与冬的时光交织着别样的锦绣花环。一股清爽的微风袭来，没有任何华丽的伪装，没有丝毫浓艳的掺假，淡雅、平凡、空灵、幽远的感官体验伴随着婉转动听的鸟音在朝晖中透明到无以复加，清澈得如洁冰，纯粹得犹如缅甸天然的翡翠石，没有丝毫疵瑕。

距离使人产生的不仅是美，还有生疏。我徘徊在原地，留下淡淡的一声叹息，懂得了情感就是珍惜，勇敢地表白心绪，等待笑靥在我肩膀上盛开。

坐在林间的座椅上，可以感知到潮湿的风湿润着我的皮肤。我呼吸着空气，淡淡的泥土香、草木香和木棉花散发出的芬芳气味一同进入我的肺腑。行走在林间的小路上，忆起了南国木棉丛林里一起散步的情景。一首写给她的诗突然从脑海里跳出："倾情三日上新枝，一树殷红一树诗。映红香腮人浅醉，丛中和梦更相思。"

我深深地晓知，思念是一味感受，一种体验，一段人生经历，像喝了殷红的葡萄酒，遍身陶醉。

我踩在枯枝落叶之上，发出"咔咔"的声音。大地问："难道你有什么未了的夙愿吗？"是呀，我为什么还不安分下来？苍天问："你想在暮年干一番大事吗？"是呀，我为什么还不赶快行动？突然，我想起刘禹锡的一首诗："自古逢秋悲寂寥，我言秋日胜春朝。晴空一鹤排云上，便引诗情到碧霄。"

一叶知秋，北雁南归。深秋时节，霏霏细雨，眷情绵绵；萧萧落叶，思绪飘飘。风霜袭来，不知掩盖了多少人悲情的故事，吹散了多少人未醒的梦境，隐藏了多少人牵强的微笑。曾记得有位诗人说过："美的东西，需要珍重。"在这样的一个秋天，我又想起在一起采风的日子，又想起在西双版纳的时光……

2020 年秋

明初移民探溯

　　2008 年，我被邀请参与了《广饶姓氏考》的编纂工作，业务指导单位是广饶县政协文史委。此前我对姓氏文化知之甚少，但一直对自己的姓氏"雏"有寻根的愿望。因为雏姓是稀有的姓，寻根溯源之梦，数十年一直萦绕在心间，平时忙于教学，无暇深入探究，有了这样的机会，自然是喜上加喜——不但能圆我的寻根之梦，还可以了解和学习更多的姓氏和移民知识。为了获得相关史料，我走山西，下洪洞，钻图书馆查资料，深入民间挖掘采访，从正史、野闻到谱牒传说，广征博采，最终为《广饶姓氏考》增添了光辉的一页。编纂姓氏志离不开移民探源话题，查阅《明史》《清史稿》《山东通志》《姓氏探源》及广饶历代县志等诸多地方史志的有关移民史料得知，移民多来自洪洞和枣强，时间跨度自明代开国初年的洪武至永乐年间，其原因则要从元代末年说起。

　　自忽必烈 1279 年灭南宋统一中国以来，元朝虽盛极一时，但他们政治上的民族压迫、经济上的残酷剥削，最终导致了社会的倒退和经济的萧条，引起了中原大规模的农民起义。为了镇压起义，元军每到一处都攻城略地、杀人抢劫，对农民所居之地，多是"拔其地，屠其城"，致使河南、山东、江苏、安徽等地的民众被戮十之七八，名城扬州当时被杀的只剩 8 户人家。后来，朱元璋出兵江淮，进取山东，收复河南，才结束了长达 16 年的战乱，可是广大中原地区已成了"春燕归来无栖处，赤地千里少人烟"的荒芜之地。元朝末年除兵乱外，水、旱、蝗、疫也连年不断，黄河、淮河屡次决口，使中原地区的土地淹没，田庐倒塌，死亡人数剧增。据《元史》《明史》记载，仅元朝末年，水灾、旱灾就有：山东 18 次，河南 17 次，河北 15 次，两淮 8 次。除了水灾、旱灾，蝗灾和瘟疫也接踵而至。中原地区从元统三年至元末，饥荒就达 15 次，至正十九年，冀、鲁、豫大饥荒，山东和河南的孟津、新安、渑池出现了"民食蝗，人相食"的惨状。由于元末兵乱，水、旱、蝗、疫等接连不断，百姓非死则徙，中原地区民不聊生，人烟稀少，土地荒芜，元政府只好把一些路降为州，如滁州路降为武安州。到了明初，由于土地抛荒，人粮剧减，也不得不把许多州降格，撤并州县。名城开封由上府降为下府。洪武十年，河南等布政使司所属州县"户粮多不及数，凡州改县者十二，县并者六十"。

朱元璋建立明朝后，各地官吏纷纷上书，尽言各地荒凉景象，其中中原地区"人力不足，久致荒芜""积骸成丘，居民鲜少"。劳动力严重不足，大片土地荒废，财政收入剧减，这些问题直接威胁着刚刚建立的明政权。同时，与中原地区形成鲜明对比的山西，却是另一番景象。由于太行山的阻隔，中原地区的兵燹之灾很少波及山西，山西的大部分地区风调雨顺，连年丰收，人丁兴旺。元人钟迪在《（河中府）蒲州修城记》中说："当今天下劫火燎空，洪河南北噍类无遗,而河东一方居民丛杂,仰有所事,府有所育。"再加邻省难民流入山西,使山西人口数量大增。洪武四年,河南河北人口均不过 189 万,而山西却达 403 万,超过河南河北人口的总和。于是朱元璋采纳了郑州知府苏琦、户部郎中刘九皋和国子监宋纳等人的奏议,结合当时的民屯、军屯、商屯制度,制定了移民屯田的战略决策。其原则是将人口从人多田少的山西向人少田多的河南、河北、山东、安徽、江苏、湖北等省及当时的边疆地区迁徙。明初移民,不独从洪洞、枣强迁出,据《明实录》载,明初移民,主要来自平阳府、汾州府、潞安府等,这些地区共辖 58 县,其中平阳府就辖 28 县,明廷又在洪洞、枣强设置移民机构,它具备了移民"中转站"的功能。移民从目的地出发,千里转徙,移居他乡。移民大迁徙从洪武初年开始到永乐十五年结束,历时 50 年。年久日深,绝大多数移民后裔都把前辈出发地洪洞作为祖籍。

据诸多史料记载,移民大多迁居河北、山东、安徽、江苏、湖北等地。其中,迁往河南的彰德府、怀庆府、开封府、归德府、河南府、南阳府居多。据《明实录》记载,迁居河北的北京、真定府、文平府、顺德府、大名府、保安州所属县居多。迁居山东的东昌府、济南府、兖州府、莱州府、青州府最多。安徽、江苏、湖北等地的移民以洪洞最多。这些地区大量的碑铭、史料、谱牒都记载着洪洞移民的这段历史。随着之后数百年的流传,自然形成了"洪洞移民遍神州"的说法。

2008 年秋

冬天里的暖阳

冬天穿着灰暗长衫，先哲似的，板着饱经风霜而肃穆的阴郁面孔，以旷野作讲坛，向天空祈祷，让灵魂感悟。

而风，是北风，狂起正劲。凛冽刺骨的风像恶棍，飞扬跋扈，不可一世，用灰溜溜的目光，猥亵着本已暗淡的草木，用屋檐下的冰凌作宝石，骗取孩童的一片纯真。

洁白飘扬的雪是无辜的，它是冬天里盛开的洁白的花朵，是春天派来的使者。它被寒风利用，挥舞着冷冽冽、寒冰冰的白旗，明目张胆地逼向生命。乌黑肮脏的垃圾被掩盖在洁白的雪底，做着邪恶的梦。诚实厚重的路也被切割得七零八落，方向难辨。

然而面对排挤和凌辱，生命却显得那样脆弱，小河在冰下呜咽，小草在土里沉默，种子裹着厚壳保护着自己，禽兽避险栖居在巢穴。

苍天啊！悲悲戚戚，明明暗暗，裹着多少人的故事。

这就是冬天，寒风刺骨，使生命战栗的冬天。

在这寒气袭人的世界，不善于保护自己，必定会被冻伤。人们出于本能的防卫，穿上厚厚的衣，在大街上匆匆走过，在心与冬之间垒起一道高墙。有人说："外面的世界很凄冷，我的心缩成一团，蜷缩在门后抽泣。"

但人生偶遇，实属缘分。我过往岁月中最大的幸福，是用心感动了心，让生命拜谢了生命，在紧缩的心扉容纳了一个完整的你。说不清楚为什么，你的倩影，渗进了我生命的土壤里。

我不是被举起的燧石，一击就闪耀火花，也不是干枯的柴薪，一把火足以点燃。我就是我，脚踏实地的我，生命的根深恋着黄土地。用心去感受生活，体验流逝岁月里的风风雨雨，体验生命四季中的冷暖寒热，发掘生活和经历中的虔诚感动。

岂能忘，健步登楼，我们曾擦肩而过，用眼神互相鼓励着……

我撑着发烧的身子骑行在人生的十字路口，天很冷，路很白，无人问津。也许人们被寒冷的冬天冻僵了，麻木了，我不晓得。

现在没有粉饰的人很少了，曾经的创伤使人们穿上了厚厚的甲胄，人们因被欺骗和愚弄，彼此间有了隔阂。纯情和率真被世人嘲笑，狐狸的狡诈反被世人推为智慧；人心不再是滋润别人的清澈见底的泉水，自私阴晦已是修饰赝品的花边；许诺是不能兑现的谎言，语言一说出口就让人怀疑其目的。

金钱的狰狞扼杀了纯真和善举，手段的卑劣扭曲了某些人的灵魂……为了利益，嫉妒、出卖、反间等成为时尚。

文字没用在有文学沃土的花苑里，才情和聪明有时是一个人灾难的开始。不知是被真和诚感动了，或是源于在寒冬腊月里，对飘落的叶子的惋惜，或是源于同是天涯沦落人的同感，对睿智才华的欣赏，一声诚挚温馨的问候，犹如一缕阳光照进我的心，我的心一下子暖了起来。饱经风霜的人最知阳光的温暖。

冬天里，阳光是生命之神，是抚慰灵魂的温暖之手，是呼唤春天的使者。

我站在高处，眺望苍凉、广袤的原野，眺望天边遥远而具有魅力的地平线，眺向雄浑、湛蓝的天空……

太阳温暖的光，牵动了我的视线，催萌了我曾经封冻的心田。欣然提笔赋诗：

　　　雾霾以极大的张力
　　　弥漫了苍穹
　　　浸染了四野
　　　村庄、小河、楼房、树林……
　　　被隐没了
　　　途中的我也被隐没了
　　　我辨不清方向
　　　我只好耐心等待
　　　等待着太阳的升起
　　　因为雾霾最怕的是太阳……

2000 年秋

途中遇雨的尴尬

　　我一直未能忘记那年夏天的雨季，还有野外那个看瓜屋子，连同看瓜屋子的主人。

　　我调往小清河中学教书已三年了，每天在校吃午餐。有天上午，母亲说要我提前回家，因为我妹妹和妹夫要来给母亲过生日。那天天气很热，闷热使人喘不过气来，想必是大雨将至。临近中午，我向校长请了假，骑上自行车往家狂驶。还是熟悉的路，出了校门沿柏油路向北，越过古镇草桥街，再朝通往纯梁油田的宽阔油漆路西行，我的村庄就在不远处。那时我心想，天气预报有大雨，千万别在途中遭殃。没想到在加快速度的同时，大雨也迅速抢时间"赶超"，忽然乌云密布，黑压压的怒云翻腾，雷电交加，铜钱大的雨点落了下来，随即哗哗地将途中的我淋成落汤鸡。雨水进了我的眼睛，眼前迷蒙蒙的一片，朦胧的雨下，前方的路白茫茫的，路两旁的庄稼、电线杆、行人都被淹没在雨雾里，分不清什么是什么了。在这样的情况下，出于本能反应，我下车支撑好自行车，

175

快速逃向路南瓜田里的屋子躲雨，一步一淌水，一步一涉泥。

一抬头，一个美丽的姑娘坐在屋前的大凉棚下认真地纳鞋底，神情悠闲，不急不慢，举止虽不高雅但也不粗俗，乍一看是一个淳朴的乡姑形象。屋棚里锅碗瓢盆、生活用具齐全，还有一张只容纳一人休息的简陋床铺。姑娘见来人避雨，也很理解，慌忙拿来凳子，倒来开水。我心中忽然感到十分尴尬和不适，本想脱下淋湿的衣服，但在这样的环境下，岂能任人随便脱衣晾晒？雨偏偏更加肆虐，好像故意想看我的尴尬，我拘束得不敢乱动，任雨水的湿气侵入我的身体。咋办好呢？姑娘却很大方："老师，你可脱下衣服晾在支架上，这有我爹的衣服也有我的衣服。"说着拿来让我换。"这里有我爹摘的成熟的瓜，也可等雨停后，我去瓜田给你摘个大的。"这时我心里有些慌张和不安，暗自思忖，倒霉的天气，单单让我中途遇雨，恨不得马上离开令我难堪的屋子，可这荒洼地带又到哪里躲雨呢？心里难受至极，便一直用"假设"一词暗自思忖：假如换成她爹在屋子里多好啊，那就方便多了，起码可随便脱下衣服晾晾，可问长问短说句客套话，说说家常。

何时雨停呢？心里期盼着雨小了能马上逃离，可雨下得更大了。雨一个劲儿地下，姑娘好像看出我急于离开屋子的尴尬，便说："我爹今天有事，让我替他照看着。老人家天天辛苦地忙碌，我们庄稼人都这样。"语气中透露出一种纯真朴实的孝顺。我顿时被这种可贵的朴实、干练和晶莹剔透的率真所感动。姑娘的大方与我的扭捏作态形成鲜明的对照。有什么可窘迫的，我自己也不清楚，可能是心里固有的思维模式吧。虽然彼此不相识，但她那种剔透的率真和泉水一样清澈的气质，像琼浆玉液一样渗透进我的心灵里。劳动人民的朴实、小蜜蜂一样的勤劳，还有那双真诚的眸子，烙印在了我的灵魂深处。

　　不知不觉雨停了，我要赶快奔向家中。我说："我今天是为了给母亲庆贺生日，才在途中遇雨的。"姑娘听后马上挽起裤脚，赤足去瓜田里摘下两个滚圆大西瓜要我带上，说略表寸心。我坚持不要人家的东西，可已不由我了，瓜被装进鱼鳞袋，女子背在肩上，送我到柏油路。她用干练的双手帮我捆好，并说："祝老人家生日快乐！"我的双目模糊了，感动的泪水盈满了眼眶，尽管不相识，却让我感到一种特有的温情。那座看瓜屋子永远定格在了我的记忆里，也留下我对看瓜女子美好品行的赞许。每逢雨季，我都会想起那座看瓜屋子以及那个女子。

2019 年秋

雪絮

　　黄昏的天空是柔柔的金粉色。夕阳逐渐西斜，把天空映成一片绮丽缤纷的绯红。风微微吹拂着黄昏，携来些许秋日的清冷，再抬眼望去时，原本的绯红已经转为橘红，继而展现出更多绚丽多彩的颜色。粉紫色、橙红色……仿佛画家在画布上任意地涂抹着令人欢愉的色彩。那些艳丽的色彩飘曳着、飞舞着、堆叠着，深深浅浅，艳丽多姿，尽是万种风情。

　　天渐渐转凉，远处湖边的丛丛芦苇在风中摇曳。芦苇叶子变成黄褐色，高大挺拔的芦秆却还是青绿色，芦苇已经开出了白色的芦花，白茫茫一片，随风飘摆。一穗穗的芦花如雪絮，轻盈纤秀得像是天空中洁白的云朵，温馨柔软得像是农人手里采撷的白棉花。

　　这种湖水里盛开着的花朵不但美丽，而且有一种楚楚动人的凄丽，被湖边的风一吹，雪絮乱旋，衣服沾染上一层纤纤细细的白絮。对单薄柔弱的花絮，我怜惜不已，总担心下一阵风吹过时，它们就不存在了。犹如林黛玉《葬花吟》中诗句，"花谢花飞花满天，红消香断有谁怜？游丝软系飘春榭，落絮轻沾扑绣帘""明媚鲜妍能几时，一朝漂泊难寻觅"。

握着这朵小小的雪絮，我对它依恋起来，沉醉于它柔和、轻盈的美丽中。

也许是命中注定，要眼睁睁地看着自己心里最美丽的东西从身边逝去也无可奈何。成长，就是铸炼自己的耐心和毅力去承受这一切。越是美好的东西越难以长久，所以我只能把那些美丽的碎片一块一块地拾起，小心翼翼地包裹好，藏到记忆深处，尘封于大脑的记忆库里。就像现在，我凝神看着这朵芦絮，把它所有的形态和色泽都收藏在大脑，以备日后反复思量，反复回味。

银蓝色的天空下，风掠过清澈的湖面，掠过饱经沧桑的脸。落日的壮阔和晚霞的绚丽编织着碎细而又长远的梦。而此时芦苇的叶子和雪絮也镀上了一层金红的色泽，在青蓝的天空下，安适而恬静。

我张开手，终于还是让风吹走了那片洁白的芦絮。有限的光阴里，那些美丽的挚爱既然挽留不住，就让它随风飘逝吧，就让它"质本洁来还洁去"吧，我已经拥有过它瞬间的美丽。此后，在兜兜转转的人生旅途中，我想我还会清晰地记住它曾经的模样。

2022 年秋

跋

　　散文集《影踪和韵》即将问世，想写两句感言，以聊情怀慰籍，可总是无从着笔。出版散文集是我多年夙愿，二十世纪八九十年代，我写过不少散文随笔，现在拿来看，连自己都看不上，文笔稚嫩不说，思维和艺术性确实无独特之处，平淡无奇，无滋无味，只好放弃不再收录在本集里。在长期的行医和执教中，我一直热爱着散文写作，在岗时每天行色匆匆，忙碌不堪，心中虽有美景却无暇写出优美的篇章。退休后才有时间重拾昔日文学梦，心想终于可以去大千世界畅游了，但因以前的行医和从事文字工作的经历，被民间团体所聘用，去过多家诊所，也去过多家文化口的事业单位，仍有本职工作缠绕，后来忙于子女的婚事，转而又含饴弄孙，照看孙辈，没有充裕的时间潜心写文章。还好应憨仲老师多次诚邀，我多次参加了《东方散文》的采风活动，才在张扬自然景观的诱惑下，开阔了视野，增添了创作激情；异域的风情场景时刻在脑际激荡，在心扉舒绽，也是祖国暄妍河山的馈赠，让一篇篇抒发情感的文章在笔端流淌，久而久之集腋成裘，才有了《影踪和韵》一书。

一路走来，我爬过异域的山，蹚过异乡的河，北国的林海雪原，江南的小桥流水，西塞的荒沙裂岩，内蒙古的呼伦贝尔草原，西南的西双版纳，南国边陲的木棉椰子，遵义会议的红色遗址，西安大小雁塔的风姿，徜徉在生命的斑斓梦境里。我尽情地接受大自然的馈赠，看着座座高山激励着勇者登攀，望着条条河流启迪着游子返璞归真，在旅途的快感中将祖国的山山水水尽情记录，付诸笔端。

在小清河北畔是一片广袤的荒洼地带，被称为"雒家洼"。这个生我养我的小村庄，有着广阔的旷野、无垠的苍林、纵横的交通、悠悠的小清河碧波，还有那美丽的青纱帐，漫坡丛生的野花野草，都印证着童年的梦境和忆念。村北的小河向东北方向蜿蜒而去，据说是北宋赵匡胤的兵马运粮河，带着几千年的悠久文化融入了我的文章里。坐落在小清河北畔的一处中学，更有我芳华年代的青春记忆，我在这里度过了中学时光，这是丰赡我知识的殿堂，在这里雕刻了我生命的底色。沿着这束希望之光，我走向了更广阔的知识海洋，又开启了北方的学医生涯，继续探索生命的奥秘，揭开疾病的伪装。随着国家招生制度的改革，我的人生走向改变了，我走上传道授业的新征途。

为圆文学梦，我大量阅读文学杂志，为我进入文学领域铺垫了基础。我担任学校校刊主编多年，为培养文学新苗付出了心血和汗水。"自闭桃源称太古，欲栽大木柱长天。"我在教育领域奉献得无怨无悔。

一阵温馨的微风，和着秋熟的稻谷纯香，沁人肺腑，这是一个嘉禾稔熟的时节，散文结集后即将问世，我的心情如耕耘的农夫一样颇不平静。这事虽让我兴奋了一阵子，却也让我反思写作的辛苦和成功的甘甜，进而深感"其实难副"，更觉肩上的责任重了些。我的笔尚未表达出我所感受到的祖国壮丽江山的千种风情、万般旖旎。我只希望于未来的岁月，以笔耕不辍的劳作和丰硕的果实报答祖国的恩泽。

在散文集付梓之际，谨向在百忙中帮忙写序的李锡文老师及关心、支持、帮助我的挚友初守亮、柴翠香、来延明、崔金甲、赵红卫、张德国、齐照华、封学义、祁东等致以衷心的谢意！

遥向长期以来帮助和鼓励我的老文友：淄博的憨仲、刘培国、王继强，滨州的李登健，吉林的吴云峰，安徽的何桂年，甘肃的李三祥，江苏的方明元，宁夏的罗万军，云南的马永欢，山西的张开生等，谨表友好的感谢！

向未来趋势文化传媒（北京）股份公司的诸位朋友的诚心协助深表谢意！

雒漓江

2022 年 10 月 12 日